清代詩文理論研究

王建生　編著

自序

《清代詩文理論研究》是我上「清代詩論研究」課的教材，本書除了〈緒論〉外，內容分為兩大部分，「詩論」與「文論」。不過課程是「詩論」，所以書中重點放在詩論。詩論部分也分成幾章，第一章，《承襲擬古之餘緒》，第二章《由擬古主義脫胎之系列》，第三章《承公安三袁系統》，第四章《自創一派》等，針對詩論作討論。把清代詩論的發展作這樣的分類，屬創新。第五章則論述《桐城古文系統之文論》。

因為上博碩士班「清代詩論研究」也好幾年，所以把原先《清代詩文理論講稿》、及平日研究心得收錄在一起，幾經修改，成為本書，讓有興趣於清代詩論的學者研究、或同學閱讀參考。至於第五章「文論」的部分，也是提供學者參閱。書中引用參考資料，約百餘種，都在正文下註明，不另羅列，以省篇幅。

至於最後附錄《清代名人里碑傳簡表》，摘取台灣商務印書館姜亮夫編著《歷代名人年里碑傳表》部分，方便讀者研究或閱讀。

本書先由學校出版組打字，後由中文所碩士班研究助理韋瑋、以及朱玲瑤、林幸慧助理改正，十分感謝。也謝謝本校圖書館古籍組黃文興、謝鶯興二位朋友，幫我查詢有關的圖書，才使得這本書的內容更加充實。

最後感謝教育部獎助東海大學卓越計畫，以及秀威資訊科技公司宋發行人政坤、林主編世玲、周執行編輯沛妤、詹靚秋小姐等人的協助，教材得以順利出版。

王建生　大度山　中秋

目次

緒論

中國詩文至唐宋，大體完備。從詩歌角度上說：唐人在六朝詩歌的基礎上，對詩歌格律作了大量的探索和實踐，在詩歌的題材、風格、語言方面作了全面性的開發，在古典詩歌的形式規範已相當成熟。

至於古文，亦受六朝影響，韓愈、柳宗元提出復古思想，奠定古文運動的基礎，是復古運動的醞釀期。宋代許多有名望的文學家，集團似的領導古文，加上周、程等人倡導理學，需要明白的語言來表達，形成古文成熟的條件，也因此古文運動至宋才算成熟，奠定古文系統。比較唐宋詩文，不論形式與內容，有些不同：

唐宋詩文的比較

唐代

唐詩有田園、自然、社會寫實、浪漫、邊塞等派別。大體說：

1. 詩以興趣、興象與抒情為主。
2. 文以駢體為主，其表現婉轉含蓄。（受六朝以來駢體風氣）。如駱賓王〈討武曌檄〉文。
3. 初期詩文，受六朝唯美主義餘風，貴藻飾。（尤其初唐）。盛唐以後，局面漸開展，各類作品多。中唐韓愈等文章，亦駢亦散現象。

宋代

1. 古文以意義為主，貫通儒家思想為文。（其背景：理學與古文運動之興起）
2. 文以散體為主，表現直截透徹。（受古文運動影響，產生文賦）有宋代復古運動的歐蘇王曾等古文大家。
3. 詩，貴白描，貴說理，貴生活化。

舉例：如

唐詩：

王勃〈滕王閣〉詩（七古）：（重藻飾）

滕王高閣臨江渚，佩玉鳴鸞罷歌舞；
畫棟朝飛南浦雲，珠簾暮捲西山雨。
閒雲潭影日悠悠，物換星移幾度秋；
閣中帝子今何在，檻外長江空自流。（《全唐詩》卷五十五，頁六七三，明倫出版社，下引出版社名稱常省作）

前四句表現滕王閣興建後，貴人裝佩，車乘進出，顯現富貴。後半表現物換星移的無奈。

王維〈送元二使安西〉詩：

渭城朝雨裛輕塵，客舍青青柳色新；
勸君更盡一杯酒，西出陽關無故人。（趙殿成《王摩詰全集箋注》，卷十四，世界書局）

詩本送人使安西，後遂被於歌。把詩中「西出陽關無故人」，反覆重疊歌唱，稱「陽關三疊」。借景物興托別緒。末句西出陽關，友人煢煢孤單，是以只能勸其更飲一杯，把握短暫歡樂。言別離之意頗含蓄。

又如王之渙〈登鸛雀樓〉

白日依山盡，黃河入海流；
欲窮千里目，更上一層樓。（《全唐詩》卷二五三，明倫出版社）

表現出清新高遠的意境。

古文：像初唐：駱賓王〈討武曌檄〉，為駢偶文。

韓愈〈進學解〉：「其言道德仁義者，不入於楊，則入於墨；不入於老，則入於佛。」「害至而為之備，患生而為之防。」「不塞不流，不止不行」（馬其昶校注《韓昌黎文集校注》卷一，世界書局）等等。

有駢偶現象，重在華麗的辭藻。中唐雖有韓柳復古，提倡儒家思想，只是古文運動的醞釀期。

宋詩

如蘇軾（七律）有〈有美堂暴雨〉：

游人腳底一聲雷，滿座頑雲撥不開；
天外黑風吹海立，浙東飛雨過江來。

十分瀲灩金樽凸，千杖敲鏗羯鼓催，
喚起謫仙泉灑面，倒傾鮫室瀉瓊瑰。（王文誥、馮應榴輯注《蘇軾詩集》卷十，學海出版社）

「有美堂」在杭州城內吳山高處。宋仁宗賜梅摯（杭州太守）詩：「地有美山美，東南第一州」。「海立」一詞頗生動，杜甫〈三大禮賦，朝獻太清宮賦〉有「九天之雲下垂，四海之水皆立」。（錢謙益箋註《杜工部集》卷十九，新文豐）詩中描寫暴雨來襲情境。蘇軾以千杖擊羯鼓、金樽凸等譬喻表現暴雨情境，十分傳神。

歐陽修〈豐樂亭游春〉三首之一：

綠樹交加山鳥啼，晴風蕩漾落花飛；
鳥歌花舞太守醉，明日酒醒春已歸。（周必大編《歐陽修全集》，卷十一，世界書局）

由綠樹、鳥啼、風吹落花，言游春之景，詩句樸實自然。

文如：蘇軾〈日喻贈吳彥律〉；以盲瞽之人不易見日、云日如燭、如籥、如銅槃之聲、離道更遠，應日日浸於道而道至。歐陽修〈秋聲賦〉（散文化的駢文），以秋色慘淡，其容清明、秋氣慄烈、秋意蕭條、聲淒淒切切言秋。文章尚自然。

一、中國詩常有正，反變化

依照傳統詩的變化，約略可以歸納出盛極而衰，衰極後變，變而盛的道理。所謂詩文代變，也就是一代有一代文學。

二、江西詩派與宋末張戒《歲寒堂詩話》反江西詩派，皆主學杜甫

宋，黃庭堅（1045-1105）；陳師道（1053-1101）；陳與義（1090-1138），形成江西詩派。主「奪胎」、「換骨」。像范溫《潛溪詩眼》、潘淳《潘子真詩話》、洪芻《洪駒父詩話》等等，皆屬江西詩派詩話。

宋，嚴羽《滄浪詩話》云：「禪道貴在妙悟，詩道亦在妙悟」。又，「詩有別裁，非關書也；詩有別趣，非關理也。然非多讀書、多窮理，則不能極其至」，反對江西詩派。又，開清代神韻派的張戒《歲寒堂詩話》，是批評蘇黃詩風和江西詩派最力的，主學杜甫。以言「志」為本，繼承和發揚詩教傳統，要求詩歌創作必須恪守「溫柔敦厚」的詩教，發揮詩的美刺功能，為清代沈德潛「格調說」開了先河。

劉克莊，初學「四靈」，後崇陸游、楊萬里，論詩與江西詩派相悖，與嚴羽同，有《後村詩話》。范晞文（景文）有《對床夜語》，書中反對「四靈」：徐照（靈暉），徐璣（靈浦），翁卷（靈舒），趙師秀（靈秀），專學晚唐。清末如樊增祥（字嘉父，別號樊山，湖北恩施）、易順鼎承此風。又，晚清陳衍以同（治）光（緒）以來，所謂同光體，不專主盛唐，出入南北宋，標舉梅堯臣、王安石、黃庭堅、陳師道、陳與義為宗尚，枯澀深微，包舉萬象，亦一大宗。以後又有鄭孝胥、陳寶琛等，詩承《古詩十九首》，陶、謝、王、孟、宋之陳師道、陳與義、徐照等四靈詩，明之竟陵、鍾、譚，精思健筆，情蒼幽峭為主；另外，陳三立好用奇字，沈曾植作詩喜用僻典，承唐主韓愈、孟郊、盧仝、李賀，宋之梅堯臣、黃庭堅，明朝楊維楨、倪元璐等。（參錢基博《現代中國文學史》頁一五九，明倫）。而方東樹《昭昧詹言》更是把方苞的「言有物」、「言有序」的古文義法與傳統的詩學「詩以言志」（卷一，廣文）直接連結起來。

三、至元、明，尊唐之風氣隆盛

明初，為了歌功誦德，而有三楊（士奇、榮、溥）臺閣體（博大光明，雍容閒雅之作，以謳歌太平）從李東陽（茶陵派）開始和前七子（李夢陽，何景明），後七子（李攀龍，王世貞）；沖垮了臺閣體，建立了擬古主義，與唐宋復古運動的創新與發展不同。

王慎中（1509-1559），唐順之力主歐曾文字；歸有光力主司馬遷之文。為明代反對前七子的擬古主義者；此為有意識之反七子。無意識之反七子在此之前已有，如徐渭、湯顯祖、唐寅、祝允明、文徵明等。

四、公安三袁倡宋詩（蘇）

公安三袁：袁宏道（1568-1610）文宗蘇軾（貴白，俗、真），詩宗白居易；痛擊李、王擬古之非。又，竟陵鍾惺（1572-1624）亦排斥李、王擬古。

五、明清易代之際文士詩論

明清之際，詩歌引起變化，清初，基本上承襲明代擬古風氣。以後，承唐、承宋，或創新說，各有主張，漸有新的面貌呈現。據鄔國平、王鎮遠的《清代文學批評史》（上海古籍出版社），依時間前後，認為清代文學批評分為三個階段。明清之際，前期和中期（鴉片戰爭以後屬後期，歸入《近代文學批評史》卷）。明、清之際是指由明入清和順治年間，康熙、雍正為前期，乾隆、嘉慶和道光初（一八四〇年鴉片戰爭爆發之前）則為中期。在我看來，這樣的劃分是較粗疏，不易說明詩派及詩論演變。

明清之際，部分文士詩論重人品

明中葉以後，皇帝多不見朝臣，閹宦得以專擅，民不聊生，流賊四起。雖然南明遺孤努力抗清，不能挽回頹勢。在社會方面，由昇平而動盪，再由動盪而太平。至於文學環境方面，文會與黨社林立，文人雅集，後為政治運動，張溥集結大小不同的社，稱為復社，復社被目為「小東林」。清朝入關，黨社的結合，經康熙的禁止，成為純粹「以文會友」的文會。因此，詩學漸漸興盛。（可參王建生《增訂本吳梅村研究》第二章，文津出版社）。明清之際部分文人，注重論文品格與人格的素養。由於明朝文人各自結社，黨同伐異，博取功名，為有識之士所不齒。所以黃宗羲（1610-1695）、顧炎武（1613-1682）、王夫之（1619-1692）主張詩文代變，反對摹擬。前期如宋琬（1614-1673，號荔裳，山東萊陽人，擅七言，尤工七古。）、施閏章（1618-1683，安徽宣城人，工五言，詩歌反映民生疾苦。）、朱彝尊（1629-1709，從宗唐轉從宋。）、王士禛（1634-1711，倡神韻，反對唐宋之爭。）、查慎行（1650-1727，主要學習蘇軾、陸游，擅長白描），是這時期詩歌與詩論的代表人物。也就是詩論由尊唐漸「崇宋」。而中期，乾隆、嘉慶和道光初期，主要詩人如沈德潛（1673-1769）的格調說，袁枚（1716-1797）的性靈說，翁方綱（1733-1818）的肌理說等為代表。而文論家則有古文家、經學家，史學家不同的看法。其中，姚鼐是桐城古文的集大成者。乾嘉道光以後，文學評論，主要是陽湖派和常州學派。喜歡探究微言大義。論文則要求學先秦諸子。

此時，如申涵光（1619-1677）的河朔詩派，對清廷主張不合作。論詩方面，雖推崇何景明、李夢陽，但強調直接向杜甫學習，所謂「音節頓挫，沈鬱激昂，一以少陵為師」，大體取法明朝前後七子主張。而屈大均（1630-1696）等的嶺南詩派，反對公安、竟陵。因為他投身抗清戰爭，聯絡同志，與顧炎武、李因篤等交往。也曾參加吳三桂的反清行動，不久，失望而歸，愛國情操自比屈原「九死其猶未悔」的精神，令人感動。詩崇李白，也重視詩的政治意義。由於他反清的詩，以後有「屈大均詩文案」，結局慘酷。嶺南詩派另一位詩人陳恭尹（1631-1700），他的詩，痛恨明末朝政腐敗，尤其南明，弘光君臣的昏淫，所謂「職方賤如狗，都督滿街走」，令人痛心！他有《獨漉堂集》。陳恭尹和王士禛（漁洋）論詩，都是宗唐的，恭尹對王漁洋卻大有不滿，因為王只重王維、孟浩然等少數詩人。

明清時另一詩人為顧炎武（1613-1682），可說是遺民詩的代表詩人。他是從明朝七子入手學杜甫的。早歲他寫詩時，公安、竟陵受到貶斥，陳子龍（1608-1647）為首的雲間（江蘇省松江縣）派趨七子學習盛唐，後來，明亡於清，使他沈潛在杜甫詩，故其詩有李攀龍的聲色、格律，鋪陳排比、沈鬱頓挫，也有杜甫的風格。陳子龍是明末復社主將，幾社的創始人之一，復社和幾社都倡復古，陳子龍更是如此。也有「即事名篇」詩史的作品。其詩論反摹擬，主「真」。主「代變」，主一代有一代之文學，應時代而變化。還有雲間三子：李雯（1608-1647）、宋徵輿（1618-1667），夏完淳（1631-1647，反清被捕），都是松江人。雲間派大抵五言學漢魏，近體法盛唐。

又，明清之間，在經世致用精神影響下，要求一切學術文化為現實政治服務，詩歌作為整個文化系統的一個組成部分，也必然被要求為現實政治服務。而尊經復古的學術文化思潮，重新確立了儒家經典的權威地位。在這種背景下，儒家詩學的政教精神開始復興。但是這一時期詩學所強調的是詩人對于社會政治的干預精神，而不是教化精神。

甲、雲間派學習盛唐

雲間（江蘇省松江縣）派是明清之際影響最大的詩學流派之一。這一派有陳子龍（1608-1647）、夏彝仲、彭賓、徐孚遠（1599-1665）、李雯（1608-1647）、周立勛，號稱「雲間六子」；又有宋徵輿（1618-1684）、宋徵璧、宋存標三人，號稱「三宋」。陳子龍在崇禎年間曾任紹興府推官，其詩學在當地產生了重大影響。陸圻（麗京，1614-？）、柴紹炳（虎臣，1616-1684）、沈謙（去矜，1620-1687）、陳廷會（際叔，1618-1679）、毛先舒（馳黃，1620-1688，有《詩辯坻》為代表）、孫治（宇台）、張綱孫（1619-？）、丁澎（藥園，（1622-1688）（以上部分生卒參張撝之等編《中國歷代人名大辭典》

上海古籍））、虞黃昊（景明）、吳百朋（錦雯，?-1670）等十人都出自陳子龍之門，號稱「西泠（浙江杭州縣西湖畔孤山與蘇堤間橋名，杭州別稱）十子」。西泠派實際上是雲間派的延伸，詩歌理論相同。

乙、錢謙益（1582-1664）等人對儒家傳統的提倡

虞山（江蘇省常熟縣西北，為縣主山，周虞仲治此，因名）詩派，包括錢謙益、馮班（1614-1671）與兄舒（1593-?）齊名，號二馮，其中錢謙益論詩也是從儒家詩學的政教傳統立論。但不同于雲間、西泠派與明七子派有直接的繼承關係，錢謙益與袁小修交游，多受影響。他站在儒家詩學立場批判七子派詩學只講求詩歌的形式風格。七子派在形式上講求，沒有內容，哪裡能談得上詩歌的政教作用呢？所以錢謙益在〈愛琴館評選詩慰序〉云：「古之為詩者」，「要歸于言志、永言」（《有學集》卷十五，四部叢刊，下引同），又云「詩道大矣，非端人政士不能為，非有關于忠孝節義綱常名教之大者亦不必為。」（《有學集補》、〈十峰詩序〉）。可見他以為詩歌應該為政治道德服務，這也是經世精神在詩學中的體現。站在儒學詩學政教立場上，他提出了「詩之本」：

古之為詩者有本焉。《國風》之好色，《小雅》之怨誹，《離騷》之疾痛叫呼，結轖于君臣夫婦朋友之間，而發作于身世偪側、時命連蹇之會，夢而噩，病而吟，春歌而溺笑，皆是物也，故曰有本。（《有學集》卷十七，〈周元亮賴古堂合刻序〉，四部叢刊）

錢謙益所說的詩的根本，不僅表示疾痛叫呼、怨誹的真情，且關乎君臣夫婦友朋，與自己的身世遭遇、時代命運相關聯的性情。他把這種性情當做詩歌的根本，他這樣說性情，與公安派也有著明顯的分界。是時代使然，錢謙益要求詩人胸中要有「天地之高下，古今之往來，政治之污隆，道術之醇駮」。對宇宙、人生、歷史、政治、學術要有清醒而深刻的自覺。

丙、黃宗羲（1610-1695）也強調性情要具有廣闊深遠的社會政治內涵。他以為詩歌的性情有「一時之性情，有萬古之性情」：

夫吳歈越唱，怨女逐臣，觸景感物，言乎其所不得不言，此一時之性情也。孔子刪之，以合乎興、觀、群、怨、思無邪之旨，此萬古之性情也。吾人誦法孔子，苟其言詩，亦必當以孔子之性情為性情。如徒逐逐于怨女逐臣，逮其天機之自露，則一偏一曲，其為性情亦末矣。（《南雷文定》四集卷一，〈馬雪航詩序〉，四部叢刊）

黃宗羲以為詩是合乎儒家政教精神的性情。他也提出了詩歌的「原本」問題：

> 夫人生天地之間，天道之顯晦，人事之治否，世變之汙隆，物理之盛衰，吾與之推蕩磨勵于其中，必有不得其平者，故昌黎言：「物不得其平則鳴。」此詩之原本也。（《南雷文定》四集卷三、〈朱人遠墓志銘〉）

黃宗羲這裡所說的詩歌的原本就是人們關乎宇宙人生、社會政治的情感。所以他說詩人一人之性情，與「天下治亂皆所藏納」。

此外，賀貽孫《詩筏》論詩受公安、竟陵派影響，也主性靈。例如在《詩筏》中說：作詩當自寫性靈，摹倣剽竊，非徒無益，而又害之。（郭紹虞《清詩話續編》本，頁一七六，木鐸）。但是，賀貽孫的性靈的主體既不同于公安派的具有童心、摒棄道理聞見的，帶有異端色彩的主體，也不同于竟陵派的帶有遁世色彩的主體，而是一個具有儒家思想、民族氣節、飽經憂患的主體。

這是因為明末以來，內憂外患，國破家亡，詩人憂時憫亂，傷親悼友，家國興亡之感，哀怨激憤，寓於作品中，放歌當哭。而詩歌乃是一種最合適的表達形式。詩歌與社會政治有著密切的關係，是很自然的。（參張健《清代詩學研究》，北京大學）

六、清詩多元發展

清代學者江蘇佔全國三分之一，江蘇第一，浙江第二，安徽第三，東南各省約佔百分之七十，而文論、詩論，亦以東南地區作者為多，今就清代詩論、文論學者，就其派別源流，歸納略述如下：

甲、承襲擬古之風

張溥、吳偉業（江蘇太倉）——復社，詩主唐音

施閏章（安徽宣城）詩主盛唐

王夫之（湖南衡陽）主意的文學觀

乙、由擬古脫胎之系列

王士禎（山東新城）神韻說，詩主唐音

趙執信（山東益都）聲調說，倡詩須有人在

沈德潛（蘇州長洲）格調說，提倡唐詩

丙、承公安三袁系統，反摹擬

意識到明代擬古、復古主義弊端，跳出傳統模式思維

錢謙益（江蘇常熟）（受袁小修影響唱宋詩）香觀說

馮班（錢之同鄉、江蘇常熟）宗晚唐

吳喬（江蘇太倉）宗晚唐

鄭燮（揚州興化）主性情

袁枚（浙江錢塘）性靈說，趙翼、蔣士銓亦主性靈。

丁、自創一派

一、金人瑞（江蘇蘇州）分解說

二、葉燮（蘇州）文學進化觀

三、黃宗羲、朱彝尊等人所倡浙派與詩歌理論

四、翁方綱（順天府大興縣——北平）肌理說

五、王國維（浙江海寧）境界說

戊、承襲歸有光之古文系統

侯方域、魏禧（清初）

方苞、劉大櫆、姚鼐（中期）

曾國藩（末期）

第一章　承襲擬古之餘緒

一、擬古的定義

甲、摹仿古時之詩文曰擬古

擬古作品，古代已有。如：漢揚雄擬《易》作《太玄》，擬《論語》作《法言》，擬《爾雅》作《方言》等。

乙、在明代李東陽（茶陵派）先開擬古之風，以救臺閣之弊

李東陽以擬古之風，救臺閣之歌頌功德。後有前後七子。在

1. 明孝宗弘治（1488-1506）、明武宗正德（1506-1521）年間，李夢陽（1472-1529）、何景明（1483-1521）為首，此外有徐禎卿、邊貢、康海、王九思、王廷相等五人，他們都是明孝宗弘治（1488-1506）年間進士。
2. 後七子則指李攀龍（1514-1570）、王世貞（1526-1590）、謝榛、宗臣、梁有譽、徐中行、吳國綸等七人，徐了謝榛外，也都是明世宗嘉靖（1522-1566）末年進士。

他們（前後七子）對文學看法的共同點是：「文必秦漢，詩必盛唐」。拘守古人之法，所謂「尺尺而寸寸之」。

3. 到了清朝，承襲這種風氣的是吳偉業（復社）——世緣的關係。

二、吳偉業（1609-1671）詩主唐音

吳偉業，字駿公，號梅村，江蘇太倉人。有《梅村家藏稿》、《春秋地理志》、《秣陵春樂府》、《臨春閣樂府》等。

甲、地理環境與詩風

1. 根據後人的研究，同鄉的人，容易產生相同的學術風氣，如老子（鹿邑）、莊子（蒙）；江西詩派、浙派、吳派等是。

2. 清代學者之眾，首推江蘇省，幾占全國三分之一（參陳鐵凡〈清代學者地理分佈〉，東海大學《圖書館學報》第八期，頁七十八）

3. 江蘇的文人，像陸機、陸雲、江淹、蕭統、徐陵、馮延巳、王世貞、錢謙益、吳偉業，皆高才博學，短於風骨遠見，（參梁容若〈中國文學的地理觀察〉，收在《中國文學史研究》，頁五十一，三民書局）。錢謙益早期因同鄉關係，受王世貞影響深。

乙、際遇、政事與詩

1. 詩的意義

《毛詩・大序》：「詩者，志之所之也；在心為志，發言為詩。情動於中而形於言；言之不足，故嗟歎之；嗟歎之不足，故永歌之；永歌之不足，不知手之舞之，足之蹈之也。」（四部叢刊），此與《虞書》所謂「詩言志，歌永言」同。為以後詩論之本。

a.宋、嚴羽《滄浪詩話》云：「詩有別材，非關書也；詩有別趣，非關理也。然非多讀書，多窮理，則不能極其至。」又說：「詩者，吟詠情性也，盛唐諸人，惟在興趣，羚羊掛角，無跡可求，故其妙處，透徹玲瓏，不可湊泊。如空中之音，相中之色，水中之月，鏡中之象，言有盡而意無窮。」（藝文）此為七子擬古派的理論及清王士禎神韻說根據，亦即後來反擬古（錢謙益等）大力攻擊之處。

b.文學與歷史際會：《文心雕龍、時序》云：

時運交移，質文代變，古今情理，如可言乎？……故知歌謠文理，與世推移，風動於上，而波震於下。（卷九，四部叢刊）

c.在劉勰以前，謝靈運〈擬魏太子鄴中集詩序〉，其品評文人即重際遇方面，如評王粲「家本秦川貴公子孫，遭亂流寓，自傷情多。」（黃節註《謝康樂詩註》卷四，藝文）

梅村論詩，不專主才，兼及性情，學術，個人環境，遭遇等。在〈龔芝麓詩序〉云：

夫詩之為道，不徒以其才也，有性情焉、有學識焉、……內審之於平生。於是運會之升降，人事之變遷，物候之暄涼，世途之得失，盡取之，以融釋其心神，而磨淬其術業。（《梅村家藏稿》，四部叢刊，卷二十八，頁一）

在宋尚木〈抱真堂詩序〉又云：

君子之於詩也，知其人論其他固已！參之性情，考其為學，而後論詩之道乃全。（《梅村家藏稿》卷二十八，頁五）

所言「知人論世」，即是個人遭遇際會。又，〈與宋尚木論詩書〉云：

夫詩者本乎性情，因乎事物。政教流俗之遷改，山川雲物之變幻，交乎吾之前，而吾自出其胸懷與之吞吐，其出沒變化，固不可一端而求也。（《梅村家藏稿》卷五十四，頁七）

所以說，作詩，詩學主張，固不可一端而求，要多方探討。亦即包羅：性情、政教、風俗、學識、際會。可說本之於儒家學養。

2. 詩與政事、風俗、環境

梅村在〈宋直方林屋詩草序〉云：

> 詩者，所以垂教易俗，而朋友故舊，其厚與薄之遞降，舉世之隆替繫焉。（《梅村家藏稿》卷二十八，頁四）

詩既是「垂教易俗」，「隆替繫焉」，那就不止「知人論世」，更要求教化，引導百姓的功能，關係國家社會的興衰，也就是「詩教」的意思。並非為文藝而文藝，為詩而作詩。梅村在〈觀始集序〉，舉出詩與歷代「隆替」的關係：

> 依古以來，世道之污隆，政事之得失，皆於詩之正變辨之。在昔成周之世，上自郊廟宴饗，下至委巷謳歌，采風肄雅，無不隸於樂官。王澤既竭，矇史失職，列國之大夫稱詩聘問，乃僅存者。季札適魯，觀六代之樂。君子曰：此周之衰也。魯雅周公之後，得賜備樂，顧太師所習。……降及漢魏樂府之首，〈大風〉重沛宮也，古詩之美西園尊鄴下也。初唐〈帝京〉之篇，〈應制〉〈龍池〉諸什，實以開一代之盛。明初高、楊、劉、宋諸君子，皆集

金陵，聯鑣接轡，唱和之作爛焉。夫詩之為道，其始未嘗不渟瀠含蓄，養一代之元音，其後垂條散葉，振藻敷華，方底於極盛，而浸淫以至於衰也。（卷二十七，頁五，四部叢刊）

文中言成周以來，設采詩之官，以觀風俗。到了漢魏，高祖〈大風〉之歌，衣錦還鄉，歎子劉盈年幼，求助于鄉親。而古詩流傳至魏國鄴下，以後初唐駱賓王有〈帝京〉之篇，比美盧照鄰〈長安古意〉。明初以高啟、三楊（士奇）等，開創詩風，成就一代。此一大段，無非敘事詩與政事，世道關係，由盛而衰，由詩可見，不容虛假。

此論為周秦兩漢以來之舊說。

《論語、陽貨篇》：「小子何莫學夫詩，詩可以興，可以觀，可以群，可以怨。邇之事父，遠之事君；多識於鳥獸草木之名。」又，《論語、子路》：「誦《詩三首》，授之以政，不達，使於四方，不能專對，雖多，亦奚以為！」（《新編諸子集成》，世界書局）言《詩》有興、觀、群、怨，及出使外交，進退辭令的功能。這些說法，代表儒家對《詩經》的看法。

到了漢代《毛詩．大序》，論詩與時代之關係：

治世之音安以樂，其政和；亂世之音怨以怒，其政乖；亡國之音哀以思，其民困。（《毛詩》卷一，四部叢刊）

又云：

王道衰，禮義廢，政教失，國異政，家殊俗，而變《風》，變《雅》作矣。（同上）

歷來中國一般人的文學觀，大率都本於孔子，與日用倫常及政教有關，而成為傳統的文學觀，不是一般詩人，文學家的文學觀，成為日後古文家、道學家的文學觀。

3.立論主旨：

擬古與反擬古間的衝突，但其詩歌都取唐音，故歸之擬古之餘緒。

梅村〈與宋尚木論詩書〉云：

此二說者：（指李、王、鍾、譚），今之大人先生（指錢謙益），有盡舉而廢之者矣，其廢之者是也，其所以救之者則又非也。……今夫鴻儒偉人（指王世貞），名章鉅什，為世所流傳者，其價非特千金之璧也，苟有瑕纇，與眾見之足矣；析而毀之，抵而棄之，必欲使之磨滅，而游夫之口號，畫客之題詞（游夫、畫客指程嘉燧、李流芳諸人）。香奩白社之遺句，反以僻陋故存，且從而為之說曰：「此天真爛熳，非猶夫剽竊摹擬者之所為。」……相如之詞賦，子雲之筆扎，以覆酒瓿。而淳于髡、郭舍人詼諧啁笑之詞，欲駕乎而出乎其上，有是理哉？

（《梅村家藏稿》卷五十四，文集三十二，四部叢刊）。

宋尚木即宋徵輿，與陳子龍俱為華亭人，時方與錢謙益因社事犄扼，因此發書同社，徵論詩之作，以廣聲氣。此段可知梅村反對剽竊摹擬，但乃承擬古系統，由其創作可知。（梅村之作，格律本自初唐四傑，敘述類于白居易）。他的《梅村詩話》一卷，只收錄熟人詩事。

三、施閏章（1618-1683）詩主盛唐

施閏章，字尚白，號愚山，安徽宣城人。康熙間，舉鴻博，官侍講。著《學餘堂詩文集》等書。

1. 清初有江左三大家（錢謙益、吳偉業、龔鼎孳）而閏章被稱南施北宋（宋琬，荔裳）。其詩以盛唐詩為宗。有《蠖齋詩話》一卷，亦少理論。
2. 他以盛唐為主，最尊崇杜甫。王維、孟浩然亦為所好。他取法盛唐，與明擬古派相近。

a. 稱揚擬古派

他在〈重刻何大復（景明，1483-1521）詩集序〉云：

> 明正德（武宗正德 1506-1521）間，李空同（夢陽，1472-1529）虎視鷹揚，望之森森武庫，學者風靡，固其雄也。大復起而分路抗旌，如唐之李、杜，各成一家，雖嘗貽書辨論不相下，而卒以相成，至今稱何、李。（《學餘堂文集》卷三，四庫全書珍本三集）。

b. 稱揚唐代詩家，尤推崇杜甫

〈詩原序〉云：

> 後漢魏而雄於詩者，莫如子美。其自敘曰：讀書破萬卷，下筆如有神。故樂府五言諸體，不為擬古之作，即事命篇，意主獨造，而學集其大成，以是為不可及。（同右）

杜詩、聲律法及本乎規矩——易于學（重意象、貴比興，而不在賦）

又如〈江雁草序〉云：

杜子美轉徙亂離之間，凡天下人物事變，無一不見於詩，古人宋人目以為詩史。（《學餘堂文集》卷四，四庫全書珍本三集）

c.稱揚唐代詩人：「詩必盛唐」，原是取法乎上

〈續蘇長公外紀序〉云：

詩則陶靖節、王右丞、李供奉、韋右司（玄宗時，官至左司郎中）應物、白香山（同右）

〈定力堂詩序〉云：

自漢魏以來能言之家，別流同原，互相祖述，唐以之取士，千人一律，幾同帖括，於是李、杜諸大家而外，昌黎之崛奧，長吉之詭奇，（賈）閬仙……（孟）東野之巉削，幽寒，皆於唐人淹熟中，另為別調以孤行者也。（同右）

3.他雖與擬古作風相似，亦有不同者，如：

a. 非難李攀龍（1514-1570）：

于鱗自喜高調，於登臨尤擅場，然〈登太行、太華山絕頂〉各四首，竭盡氣力，聲格具壯，細看四首景象，無甚差別，前後亦少層次，總似一首可盡，故知七律不貴多。（參陳淑女譯《清代文學批評史》，頁三十）

b. 諷刺摹擬之作〈陳徵君士業文集序〉云：

近世淫靡於文，浸刺謬乎道德，或擬議剽割，心知其然，而言不能盡吐，無磅礴汗漫之勢者，學未足、氣未充也。（《學餘堂文集》卷四，四庫全書珍本三集）

c. 推崇宋代蘇軾（1036-1101）詩，此與擬古「詩必盛唐」不同。

在〈續蘇長公外紀序〉云：

自有文人以來，子瞻一人而已。……當時朝士，嘗舉以方唐李白，神宗曰：白有軾之才，無軾之學。（同右）

4.有關《詩》本質的見解，因以唐詩為主體，重比興。

他在《蠖齋詩話》說：《詩經》「江之永矣」四句，止詠歎江、漢，而文王化行南國，許多難言處，含蘊略盡，漢魏六朝以來，詩人多用景語，是其遺志。純用賦而無比興，則索然矣。（《清詩話》本，頁一，藝文）《詩經、周南、漢廣》有「漢之廣矣，不可詠思，江之永矣，不可方思」四句（四部叢刊），表面上雖為敘景，然字裏行間，是有歌詠周文王教化行於南國，及於長江、漢水一帶的含意。即本著自古稱為「興」的解釋，認為敘景的本意即在此。漢、魏六朝以下的詩，都承此遺風，故僅管為敘景看，就無多大意味。

他又說，「唐人絕句，有一口直述，絕無含蓄，轉折，自然入妙，如：『昔年今日此門中，人面桃花相映紅，人面不知何處去，桃花依舊笑春風。』」（《本事詩》所載崔護作品）……此等著不得氣力學問，所謂詩家三昧，直讓唐人獨步，宋賢要入議論，著見解，力可拔山，去之彌遠。」在此，是賦是比，對他並非重要問題，重要的是，超越「氣力」與「學問」的三昧境地。……他在〈詩用典故〉條說：「古人詩入三昧，更無從堆垛學問，……坡公謂浩然韻高才短，嫌其少料，評孟良是，然坡詩正患料多耳。」（《蠖齋詩話》，《清詩話》本，頁一）意思說，與其取東坡的博學，下筆無半點塵，令人欽佩。而孟浩然的高韻，認為符合詩的三昧境，不一定要料多。因此他也重人格修養說：「詩如其人，不可不慎。浮華者浪子，叫囂者麤人，窘瘠者淺，痴肥者俗。風雲月露，鋪張滿眼，識者見之，直是一葉空紙耳。故曰：「君子以言有物」。（〈詩有本〉條，同上）

四、王夫之（1619-1692）主意的文學觀

王夫之，湖南衡陽人（非江南人士），因住湘西之石船山，故學者稱他為船山先生。他是有名的經學家，也是兼通文學的通儒。其詩論有《詩繹》一卷，《夕堂永日緒論》內外篇二卷，《南窗漫記》一卷，合稱為《薑齋詩話》。皆收在《船山遺書》中。他的詩學理論包括：

甲、興觀群怨

梁鍾嶸《詩品》云：

若乃春風春鳥，秋月秋蟬，夏雲暑雨，冬月祁寒，斯四候之感諸詩者也。嘉會寄詩以親，離群託詩以怨。至於楚臣去境，漢妾辭宮，或骨橫朔野，或魂逐飛蓬，或負戈外戍，殺氣雄邊，寒客衣單，孀閨淚盡，或解佩出朝，一去忘反，女有揚蛾入寵，再盼傾國。凡斯種種，感蕩心靈，非陳詩何以展其義，非長歌何以騁其情？故曰：「詩可以群，可以怨」。（《歷代詩話》，藝文）

此成為後代文人論詩的重要觀念。而黃梨洲（宗羲，號梨洲，1610-1695）也曾以興、觀、群、怨論詩。黃梨洲根據孔安國註釋，「興」是「引譬連類」，「觀」是「觀風俗之盛衰」，「群」是「群居相切磋」，「怨」為「怨刺上政」。而王夫之所講是讀《詩》的興、觀、群、怨。在《詩繹》說：

可以云者，隨所以而皆可也。於所興而可觀，其興也深；於所觀而可興，其觀也審。以其群者而怨，怨愈不忘；以其怨者而群，群乃益摯。……（《船山遺書》六十三，《薑齋詩話》卷一，同治四年湘鄉曾氏刊本）

皆是讀者角度，可以興、觀、群與怨。

可知，黃梨洲與王船山，同樣本於儒家的見地，以闡詩道之精蘊，而所得各有不同。黎洲所言處處在指示人如何作詩，如何學詩，所以要說明什麼是詩。船山所言則異是，他處處在指示人如何讀詩，如何去領悟詩。……明人能以《詩經》作文學作品讀，不作經學讀本讀，這眼光是不錯的。他舉《詩經、小雅、采薇》篇：「昔我往矣，楊柳依依，今我來思，雨雪霏霏。」（四部叢刊）歌詠為對玁狁——北狄，遠征的軍隊，於嚐盡了千辛萬苦之後，踏上了歸途。說其妙趣在於「以樂景楊柳寫出征之哀，以哀景雨雪寫樂。凱旋之樂，倍增其哀樂。」也就是將詩中悲喜之情，與真實的景物對比，產生強而有力的文學效果。

乙、主意的文學觀

孔子以來，主張主用的文學觀。如《論語、憲問篇》：「有德者必有言」。〈季氏篇〉：「不學詩，無以言」等是。此種觀念影響到後代。有關「詩以意為主」的講法，在宋劉攽《中山詩話》已有「詩以意為主」。張表臣《珊瑚鈎詩話》亦有「詩以意為主」之說。（藝文）。到了王船山，承襲前賢，以為詩以意為主。郭紹虞《中國文學批評史》云：

> 我嘗以船山詩論，與當時牧齋、棃洲諸人都不同。船山固不滿意李獻吉（（夢陽）1472-1529）一流人的言論，然而假使與牧齋、棃洲諸人比，則船山不能算是反對獻吉了。他的言論，只能稱修正獻吉。我又以為船山詩論頗與王漁洋相同，漁洋詩論，實在也是對李何詩論的修正。（頁五三五，台灣商務）

在《夕堂永日緒論》中，他以「意」為詩的根本，並重視主觀。他說：

> 無論詩歌與長行文字，俱以意為主。意猶帥也，無帥之兵謂之烏合。李、杜所以稱大家者，無意之詩，十不得一、二也。……以意為主，勢次之。勢者，意中之神理也。唯謝康樂為能

> 取勢，宛轉屈伸，以求盡其意，意已盡則止，殆無剩語，天矯連蜷，煙雲繚繞，乃真龍，非畫龍也。（《船山遺書》六十五，《夕堂永日緒論內編》，《薑齋詩話》卷二，同治四年湘鄉曾氏刊本）

詩以意為主，意猶帥，為主，勢次之。勢是意的神理。此言「天矯連蜷，煙雲繚繞」，已有神韻意思。道家講「神」——道家修養最高境界；而孟子則講「浩然之氣」。孟子以為胸中浩然之氣，至大至剛，不為詖辭、淫辭、邪辭所遁。

論詩文，講氣勢，自孟子「知言養氣」、「吾善養吾浩然之氣」；到曹丕《典論、論文》云：「文以氣為主。氣之清濁有體，不可力強而致。譬諸音樂，曲度雖均，節奏同檢，至於引氣不齊，巧拙有素，雖在父兄，不能以移子弟。」

到了杜甫論詩，亦頗重骨氣，其稱庾信為「凌雲健筆意縱橫」（〈戲為六絕句〉），稱賈至為「雄筆映千古」，（〈送唐誠因寄禮部賈侍郎〉），稱元結為「詞氣浩縱橫」（〈同元使君舂陵行〉），（參郭著《中國文學批評史》，頁二〇六），可知他論詩很重氣勢。

韓愈論文亦講氣，〈答李翊書〉云：

> 氣，水也；言，浮物也。水大而物之浮者大小畢浮。氣之與言，猶是也。氣盛則言之短長與聲之高下者皆宜。（《韓昌黎集》，卷十六，四部叢刊）

李德裕〈文章論〉說：

魏文《典論》稱文以氣為主，氣之清濁有體，斯言盡之矣。然氣不可以不貫，不貫則雖有英辭麗藻，如編珠、綴玉，不得為全璞之寶矣。鼓氣以勢壯為美。勢不可以不息，不息則流宕而忘返，亦猶絲竹繁奏，必有希聲窈眇，聽之者悅聞，如川流迅激，必有洄洑逶迤，觀者不厭。（《李文饒外集》，三，四部叢刊）

他論氣勢，專就語勢言，以氣救藻飾之蔽。

蘇子由（轍）〈上樞密韓太尉書〉云：

轍生好為文，思之至深，以為文者氣之所形；然文不可以學而能，氣可以養而致。（《欒城集》二十二，四部叢刊）

後來桐城派系列魏叔子言「氣之盛者，法有所不得施」，即同於韓愈「氣盛言宜」之說。又，桐城古文：

神理氣味（文之精）

格律聲色（文之粗）

格律派由詩之粗而精。

丙、主情景一體

船山所謂情與景，景中情，情中景，即以詩意中求。他在《夕堂永日緒論內編》中云：

「池塘生春草」，「蝴蝶飛南園」，「明月照積雪」（引自鍾嶸《詩品》），皆心中、目中與相融浹，一出語時，即得珠圓玉潤，要亦各視其所懷來而與景相迎者也。「日暮天無雲」，「春風散微和」，想見陶令當時胸次，豈夾雜鉛汞人能此語。（見前，《船山遺書》六十四）

又：

「僧敲月下門」（賈島〈題李凝幽居〉詩句），祇是妄想揣摩，如說他人夢，縱令形容酷似，何嘗毫髮關心。知然者以其沈吟推敲二字，就他作想也。若是即景會心，則或推或敲，必居其一，因景因情，自然靈妙，何勞擬議哉！「長河落日圓」（王維〈使至塞上〉詩句），初無定景，「隔水問樵夫」（王維〈終南山〉詩句），初非想得，則禪家所謂現量也。（同右）

景生情，成悟情，總在靈妙的心情變化中產生。又：

情景名為二，而實不可離。神於詩者，妙合無垠，巧者，則有情中景，景中情。景中情如「長安一片月」，（李白〈子夜歌〉），自然是孤棲意遠之情；「影靜千官裏」，（杜甫〈喜達行在所〉），自然是喜達行在之情。情中景尤難曲寫，如「詩成珠可在揮毫」，寫出才人翰墨淋漓，自心欣賞之景。（同前，《船山遺書》六十四，《薑齋詩話》卷二）

即說明不論「情中景」、「景中情」，須將情景融成一體，妙合無垠。又《詩繹》云：

與在有意無意之間，此亦不容雕刻；關情者景，自與情相為珀芥（珀芥，琥珀末，治小便尿白）也。情景雖有在心在物之分，而景生情，情生景，哀樂之觸，勞悴之迎，互藏其宅。天情物理，可哀而可樂，用之無窮，流而不滯，窮且滯者不知爾。（同右，《船山遺書》六十三，《薑齋詩話》卷一）

所謂「景生情」、「情生景」、「互藏其宅」。李漁在《窺詞管見》第九則云：

詞雖不出情景二字，然二字亦分主客。情為主，景是客。說景即是說情，非借物遺懷，即將人喻物。有全篇不露秋毫情意，而實句句是情，字字關情者；切勿泥定即景承物之說，為題字所誤，認真作向外面去。（收在唐圭璋《詞話叢編》廣文書局）

李漁的講法有些不同，在於「情」為主，「景」是客。後人王國維（1877-1927）在《人間詞話》云：

有有我之境，有無我之境。「淚眼問花花不語，亂紅飛過秋千去。」「可堪孤館閉春寒，杜鵑聲裏斜陽暮。」有我之境也。「采菊東籬下，悠然見南山。」「寒波澹澹起，白鳥悠悠下。」無我之境也。有我之境，以我觀物，故物皆著我之色彩。無我之境，以物觀物，不知何者為我，何者為物。古人為詞，寫有我之境者為多，然未始不能寫無我之境，此在豪傑之士能自樹立耳。（卷上，台灣開明書店）

文學境界中，既必終始有我焉，自必以我之情為主，而物之景為從，諺語云：「紅花雖好，還仗綠葉扶持。」蓋取其可以相幫襯，互發明也。試舉詩詞賦例說明。

例一．范仲淹〈漁家傲〉云：

塞下秋來風景異，衡陽雁去無留意。四面邊聲連角起，千嶂裏。長煙落日孤城閉。　濁酒一杯家萬里，燕然未勒歸無計。羌管悠悠霜滿地。人不寐，將軍白髮征夫淚。（《全宋詞》第一冊，中央輿地出版）

此詞情由景生，豪壯滄涼。「千嶂裏、長煙落日孤城閉」，其雄偉堪與李白之「長風幾萬里，吹度玉門關」相頡頏；「人不寐，將軍白髮征夫淚」，其悲壯與魏武之「老驥伏櫪，志在千里；烈士暮年，壯心未已」伯仲間也。

例二．江淹〈別賦〉：

又若君居淄右，妾家河陽；同瓊珮之晨照，共金爐之夕香。君結綬兮千里，惜瑤草之徒芳；慚幽閨之琴瑟，晦高堂之流黃。春宮閟此青苔色，秋帳含茲明月光，夏簟清兮晝不暮，冬釭凝兮夜何長。〈織錦曲〉兮泣已盡，〈迴文詩〉兮影獨傷。（《江文通文集》卷一，四部叢刊）

四時皆具黯然、冷清之景色，不論作詩、作曲、令人銷魂而已。

例三．杜甫〈秋興〉八章之一：

玉露凋傷楓樹林，巫山巫峽氣蕭森；江間波浪兼天湧，塞上風雲接地陰。叢菊兩開他日淚，孤舟一繫故園心；寒衣處處催刀尺，白帝城高急暮砧。（錢謙益註《杜工部集註》卷十五，新文豐）

杜甫於代宗永泰元年（765）秋，去成都至夔州。至翌年秋，見玉露凋傷楓樹，巫山巫峽蕭森之氣，風起浪高，叢菊兩次綻放，而自己尚留滯於此，雖有繫故鄉之心，已則客子無衣，羈旅蕭然。尤其傍晚時分，刀尺苦寒，急砧促別。

丁、反對建立門庭

王夫之《薑齋詩話》（卷二）云：

建立門庭，自建安始，曹子建鋪排整飾，立階級以賺人升堂，……如郭景純、阮嗣宗、謝客、陶公，乃至左太沖、張景陽，皆不屑染指建安之羹鼎，視子建蔑如矣。降而蕭梁宮體，降而王、楊、盧、駱，降而大曆十才子，降而溫、李、楊、劉，降而江西宗派，降而北地（李夢陽）、信陽（何景明）、琅邪（王世貞）、歷下（李攀龍），降而竟陵（鍾惺等），所翕然從之者，皆一時和哄漢耳……李不襲杜，杜不謀李，未嘗黨同伐異，畫疆墨守，沿及宋人，始爭疆壘，歐陽永叔亟反楊億、劉筠之靡麗，而矯枉已迫，還入於枉，遂使一代無詩。（《夕堂永日緒論內編》，《船山遺書》六十四，見前）

敘述建安以來詩派流變，頗為簡要。更提出「李不襲杜」、「杜不襲李」，各有主張、各有成就。從未「黨同伐異」。宋代西崑以後，互爭疆壘，難有成就。不過薑齋論宋代以後詩，尚須斟酌。言「一代無詩」，不如說與唐代詩風不同，較為恰當。蓋「一代有一代文學」。

第二章　由擬古主義脫胎之系列

一、王漁洋（1634-1711）神韻說

王漁洋，字貽上，山東新城人。

甲、倡神韻的來源

漁洋之標舉「神韻」，始康熙元年（1662），二十九歲，宦游揚州之時，為課其三子，曾選唐人五七言絕句，名《神韻集》，此書今已失傳，內容如何，不得而知。

至康熙廿七年（1688），王氏五十五歲，漁洋撰《唐賢三昧集》（廣文本），〈序〉文嘗引用嚴羽「羚羊掛角，無跡可求」，「言有盡而意無窮」，及司空圖「味在酸鹹之外」諸語，吾人方對「神韻」一詞有若干認識。

次年（1689），漁洋又撰《池北偶談》二十六卷，卷十八卷（文淵閣《四庫全書》，台灣商務）曾記載明嘉靖年間（1522-1566）孔天允於評謝靈運、孟浩然、韋應物詩時，已用「神韻」二字，且謂：「神韻二字，予向論詩首為學人拈出，不知先見於此。」（然所謂神韻，在明．陸時雍的《詩鏡總論》中，有比孔天允更積極，更強調的說法，大概他未注意到。）

俞兆晟．〈漁洋詩話序〉云：

> 吾老矣，還念生平，論詩凡屢變，而交遊中，亦如日之隨影，忽不至於轉移也。少年初筮仕時，惟務博綜該洽，以求兼長，文章江左，煙月揚州，人海花場，比肩接跡，入吾室者，俱操唐音，韻勝於才。……中歲，越三唐而事兩宋，良由物情厭故，筆意喜生，耳目為之頓新，心思於焉避熟。明知長慶（唐穆宗821-）以後，已有濫觴，而淳熙（宋孝宗1174-）以前，俱奉為正的，當其燕市逢人，征逢揖客，爭相提倡，遠近翕然宗之。既而清利流為空疏，新靈寖以佶屈，顧瞻世道，惄然心憂，於是以大音希聲，藥淫哇錮習，《唐賢三昧》之選，所謂乃造平淡時也。然而境亦從茲老矣。（丁仲祜編《清詩話》本，藝文）

則可知神韻之說，到晚年始成為定論。漁洋選《三昧集》在康熙二十七年，時漁洋五十五歲，按俞氏序中所言，《漁洋詩話》與其論詩主張凡經三變，早年宗唐，中年主宋，晚年後歸於唐。

乙、從格調的轉變（受前後七子擬古主義的影響）

1. 漁洋生在書香門第，家學淵源，自有其傳統習慣。在當時，前後七子之緒論，成為眾矢之的，公安派攻擊他，竟陵派也壓迫他，最後錢牧齋復以東南文壇主盟的資格，加以詆諆，李、何、李、王的氣燄，至是可謂聲銷灰燼。我們假使在此時，欲求遺風餘力，恐怕只有李攀龍的故鄉而又是世家，如漁洋十七叔祖季木（象春・象巽）其人者，為足代表了。而漁洋於詩，便是受了八叔祖伯石（象艮），十七叔祖季木的啟迪，而季木與穆齋同科。至於論詩，則受鍾嶸、嚴羽、徐禎卿等人影響。在《漁洋詩話》卷上云：「余於古人論詩，最喜鍾嶸《詩品》，嚴羽《詩話》，徐禎卿《談藝綠》（《清詩話》本，藝文）可知。

2. 在《香祖筆記》評王元美（世貞）：

弇州云『矇朧萌折，情之來也；明雋清圓，詞之藻也。』四語亦妙。（《香祖筆記》卷八，台灣商務，文淵閣《四庫全書》本）

有《香祖筆記》前一則有「表聖論詩有二十四品，予最喜不著一字盡得風流」八字。又云：「采采流水，蓬蓬遠春。」二語形容詩境亦絕妙。正與戴容州「藍田日暖，良玉生煙」八字同旨。（同上）

《池北偶談》卷十二云：

作古詩須先辨體，無論兩漢難至，苦心摹倣，時隔一塵，即為建安，不可墮落六朝一語，『為三謝不可墮入唐音。小詩欲作王、韋，長篇欲作老杜，便應全用其體，不可虎頭蛇尾。』此王敬美論五言古詩法。予向語同人，譬如衣服，錦則全體皆錦，布則全體皆布，無半錦半布之理，即敬美此意。（《池北偶談》卷十二，〈論五言詩〉，文淵閣《四庫全書》本）

敬美即王世懋，乃元美之弟，此言五言古詩創作，體裁風格應一致。由此足見漁洋於明前後七子王元美兄弟之詩論，均有所取。

再則，漁洋嘗許何景明以「妙悟」，譽之為「藐姑神人何大復，致兼南雅更王風」（〈論詩絕句〉），而殊不直言其〈明月篇序〉之過崇初唐四子，故〈論詩絕句〉另一首曰：

接跡風人明月篇，何郎妙悟本從天。
王楊盧駱當時體，莫逐刀圭誤後賢。

漁洋此論，對景明本人似在推崇而已，故曰「莫逐刀圭誤後賢」。

漁洋於李夢陽、徐昌穀，其推崇不亞何景明，故《分甘餘話》論徐禎卿昌穀（前七子之一）之詩曰：

昌穀少時詩較之自定《迪功集》不啻霄壤，微空同（李夢陽有《空同集》）師資之功，不能超凡入聖如此。（《分甘餘話》，文淵閣《四庫全書》，台灣商務）

漁洋題《迪功集》詩曰：

絕代嬋娟子，徐卿雅好文；
稱詩如典午（阮籍），譚藝似參軍（鮑照）。
濩落雲霞質，飄搖鸞鶴群；
祗應禹洞裡，靈蹟待夫君。（《漁洋精華錄》卷五）

足見漁洋力贊昌穀詩之成就，其語氣不同凡響。

又〈戲倣元遺山論詩絕句〉（《漁洋精華錄》卷五）亦曰：

文章煙月語原卑，一見空同迥自奇；
天馬行空脫羈靮，更憐譚藝是吾師。（禎卿有《談藝錄》）

又，前一首兼詠何、李則曰：

中州何李並登壇，弘治（明孝宗 1488-）文流競比肩；詎識蘇門高吏部，嘯臺鸞鳳獨逌然。（同前）

夫詩詠何、李登壇，文流比肩，而獨以嘯臺鸞鳳許之高叔嗣（1501-1537）；則不特對於「弘治文流」有所不足，抑於何、李亦同有所不足。朱彝尊《靜志居詩話》引李中麓〈六十子詩〉有句曰：「蘇門能入室，何李只升堂。」漁洋此論，正復如一轍。

由此可知，漁洋神韻說，是由擬古派入手。只不過他兼取唐宋（叔祖王季木受錢謙益影響），別于七子之說。

丙、詩之三昧，梵語，此言正定，論詩家上下，不過藉作話頭

1. 漁洋論詩，好言三昧，朱東潤在《王士禎詩論述略》云其內涵：

一、得之於內，《漁洋詩話》「越處女與勾踐論劍術曰，『妾非受於人也，而忽自有之』，司馬相如答盛覽曰『賦家之心，得之於內，不可得而傳。』」雲門禪師曰：『汝等不記己語，反記吾語，異日稗販我耶？』數語皆詩家三昧。

二、語中無語，《居易錄》「林間載洞山語云，『語中有語，名為死句，語中無語，名為活句。』予嘗舉似學詩者，今日門人鄧州彭太史來問余選《唐三昧集》之旨，因引洞山前語評之。」

三、偶然欲書，《香祖筆記》「南城陳伯璣（允衡）善論詩，昔在廣陵評予詩，譬之昔人云，偶然欲書」，此語最得詩文三昧。今人連篇累牘，牽率應酬，皆非偶然欲書者也。坡翁稱錢塘程奕筆云：『使人作字，不知有筆』，此語亦有妙理。

學生書局）

四、在筆墨之外，《香祖筆記》『《新唐書》如近日許道寧輩畫山水，是真畫也；《史記》如郭忠恕畫，天外數峰，略有筆墨，然而使人見而心服者，在筆墨之外也。』右王楙《野客叢書》中語，得詩文三昧。司空表聖所謂「不著一字，盡得風流」。（頁二十一，

又，《漁洋詩話》卷上：

張吏部公選九徵先生，題余過江集云：筆墨之外，自具性情，登覽之餘，別深寄託。（頁十四，《清詩話》本）

所謂「得之於內」，是指詩人忽然間心電的觸動，心靈的領悟。「語中無語」，是詩人的悟境，如王維詩：「行到水窮處，坐看雲起時」（〈終南別業〉）詩，由詩而悟人生，如雲起雲滅的道理。「偶然欲書」，是由內在的情，外觸的感，感應而生的興會。如逢佳節思情，赴荊門而懷古，髮鬢斑白而書憤皆是。「在筆墨之外」，是弦外之音，耐人尋味。在《香祖筆記》卷二有「唐人五言絕句往往有得意忘言之妙……王裴《輞川集》及祖詠〈終南殘雪〉詩雖鈍根初機，亦能頓悟。……予少時在揚州亦有數作品，如微雨過青山，漠漠寒煙織，不見秣陵城，坐愛秋江色。……又在京師有詩云：凌晨出西郭，招提過微雨，日出不逢人，滿院風鈴語。皆一時佇興之言，知味外味者當自得之。（文淵閣《四庫全書》子部一七六，台灣商務），王國維所謂「有境界則自成高格」。

丁、神韻的含義（神韻平淡的風致——）

1. 以「清遠」釋神韻。漁洋《池北偶談》云：

汾陽孔文谷云：『詩以達性，然須清遠為尚，薛西原論詩，獨取謝康樂、王摩詰、韋應物，言『白雲抱幽石，綠篠媚清漣』，清也。『表靈物莫賞，蘊真誰為傳』，遠也。『何必絲與竹，山水有清音』，『景昃鳴禽集，水木湛清華』，清遠兼之也。總其妙在神韻矣。』神韻二字，予向論詩首為學人拈出，不知見於此。（文淵閣《四庫全書》，商務）

此以「清遠」二字解釋神韻。

2.《師友詩傳續錄》問曰：

孟襄陽詩昔人稱其格韻雙絕，敢問格與韻之別。」答曰：「格謂品格，韻謂風神。」單言謂之韻，重言則曰風神，此又神韻之一義也。（頁四，《清詩話》本，藝文）

又，《帶經堂詩話》卷六，末云：

自昔稱詩者，尚雄渾，則鮮風調；擅神韻，則乏豪健；二者交譏。（廣文書局）

綜觀神韻之大義，可知，蓋單言曰韻，重言曰神韻，又曰風神，累言之則曰興會風神，實言之則曰清遠，而其義則與雄渾豪健對待者也。凡漁洋之說如此。《漁洋詩話》卷中列舉

高季迪「白下有山皆繞郭，清明無客不思家」；

曹能始「春風白下無多日，夜月黃河第幾灣」；

李太虛「節過白露猶餘熱，秋到黃州始解涼」；

程孟陽「瓜步江空微有樹，秣陵天遠不宜秋」；

及己作「吳楚青蒼分極浦，江山平遠入清秋」；

謂神韻天然，不可湊拍。

不過，錢振鍠撰《摘星說詩》云：「王阮亭謂詩有神韻，天然不可湊泊者，自稱其〈登燕子磯〉：『吳楚青蒼分極浦，江山平遠入新秋』句與焉。如此庸爛調，而猶自以為神韻。此老一生用心於此，可唸也。其詩題云〈登燕子磯絕頂〉，夫燕子磯高不過數十丈，算不得山，無所謂絕頂。如此驚張，竭景畢露。沈歸愚所謂登陟培塿，便擬嵩華者也。」（卷一，收在張寅彭編《民國詩話叢編》二，上海書局）漁洋詩作，用詞確實有些誇張。

《香祖筆記》又增楊用修「江山平遠難為畫，雲物高寒易得秋」；及釋讀徹「一夜花開湖上路，半村家在雪中山」。以為神韻之作。

以上皆平澹無奇，但令人恍惚的妙趣在。這種趣致，與其說在敘景中比抒情中易得，無寧說是寫景中到處有的趣致，因此《三昧集》所收詩，自然也就以寫景者居多。

3.根據青木正兒，《清代文學批評史》云：

說明他自己對「神韻」二字之見解的文獻，似乎未曾留下，若想求得一二與此相彷律的片言隻語，則有其答門人問格與韻的區別時所說的：「格謂品格，韻謂風韻」（《師友詩傳續錄》），以及指示作詩要訣時所說的：「為詩先從風致入手，久之要造於平澹（淡）」。《然鐙記聞》等語，若以此稍加臆解，忖度其意，把「格」解釋為「品格」，相對地「韻」應說作「風韻」，所以將此解釋作「風神」，蓋因他腦裏潛藏著尊重「神韻」的意識。換言之，亦可說即「風神」，但「風致」也是「韻」，和「風神」的差別為：「風致」是平凡的，「風神」是崇高的，韻應昇華至此一境地。故學詩先從「風致」入門，而臻於「平淡」，然後方能到達「風神」的境地，亦即具備「神韻」。說得平澹些，神韻可說就是平澹的「風致」。（頁四十八，台灣開明書局）

也就是說，風致是平凡的，昇華至平淡崇高的風神（神韻）；由「平淡」入手，才可至「風神」境地，成為「神韻」。其實對於「風神」的引用，在胡應麟的《詩藪》已經比「神韻」二十一次的多，而且意義與「神韻」同，（參黃景進〈王漁洋神韻說重探〉，收在民國八十二年《清代學術研討會論文集》，中山大學）可知「風神」、「神韻」應是同義詞。

神韻之說，雖倡導於漁洋之《神韻集》，而漁洋之前即有嚴羽倡「興趣」之說（《滄浪詩話》）、楊萬里有「風趣」之論（《隨園詩話》引）、姜夔有「韻度」之談（《白石道人詩說》）。

蓋嚴羽《滄浪詩話》主張之「興趣」，以「透徹之悟」為根本，以「羚羊掛角，無跡可求，瑩徹玲瓏，不可湊泊」為技巧，而達於「言有盡而意無窮」之境界。故嚴氏之「興趣」，實則為渾成與含蓄之妙悟境界。姜白石之「韻度」則強調「飄逸」，並謂詩有四種高妙之境界，所謂「礙而實通」之「理高妙」，「出自意外」之「意高妙」，「寫出幽微，如清潭見底」之「想高妙」，「非奇非怪，剝落文采」之「自然高妙」。理意高妙為新奇之境界，想高妙為實感性之境界，自然高妙為含蓄蘊藉之境界，楊誠齋之「風趣」，則以「性靈」為主，《詩人玉屑》載誠齋論比擬托物，及句外之意，指出聯想及含蓄之重要。

明代「神韻」評詩，使用次最多的當推胡應麟《詩藪》，《詩藪》中用到「神韻」不下二十一次。明末陸時雍編選《唐詩鏡》，緒論之中，也標舉神韻，主張詩意要「常留不盡」，要「寄趣在有無之間」，所言與滄浪含蓄渾成的境界相同。至漁洋遂以「神韻」論唐詩，所主「雋永超詣」之「化境」，仍與滄浪相近。漁洋之後，翁方綱作〈神韻論〉，謂詩有以「高古渾樸」表現神韻者，有以「風致」表現韻者，有以「實際」表現神韻者，有以「虛處」表現神韻者，結論曰：「神韻實無不該之所」（參見《復初齋文集》卷八，文海書局）。所論較漁洋為具體。至王靜安拈出「境界」一詞，所謂有「造境」，有「寫境」，有「有我之境」，有「無我之境」。又曰：「能寫真景物真感情者，謂之有境界。」……所謂之「無我之境」、「有我之境」，乃至「真景物真感情」及紅杏雲破（「紅杏枝頭春意鬧」，「雲破月來花弄影」）二例，則皆強調——情景交融、心物交會之世界。

綜上所述，歸納與擘析其互通互異之處，吾人可知有文字未必即有神韻，但神韻必須依附文字；神韻可表現於文字之外，但無能捨離文字以求神韻。在《香祖筆記》卷八有：「捨筏登岸，禪家以為悟境，詩家以為化境，詩禪一致，等無差別，大復〈與空同書〉引此，正自言其所得耳。」（文淵閣《四庫全書》本，台灣商務）。故神韻雖不屬於詩之形式美，然產生神韻卻必先具其特殊之形式美。蓋詩之結構、辭采、聲律，皆為現神韻所必然憑藉者，即如絕代之風華，優雅之氣質，則不能不藉停勻之骨肉以表現之。從詩歌發展的角度，清朝初立，詩歌從明代「格調」漸漸轉型而成為「神韻」，是一個很好的詩歌理論。

4. 陰柔美

由漁洋論詩之語中，及其所謂神韻之詩中，可歸納一印象：即「神韻」皆屬「優美」之範圍，亦即屬陰柔之美。漁洋之「神韻」，斷然與「壯美」無關。蓋其絕不能言及氣魄也。除用律詩、絕句作詩，體裁、格局小之外，袁子才嘗謂學漁洋者，其詩之氣魄亦小，因其趨向陰柔之美，而非陽剛之美。何謂陽剛美？乃代表雄壯、崇高、魁梧、豪邁、強健等；何謂陰柔美？其代表溫柔、和藹、秀麗、嫵媚、典雅、哀婉等。前者為「氣概」，為動者，後者為「神韻」，屬靜者。

王漁洋神韻說之所以偏向陰柔之美，未嘗不是先天之才性，與後天之教養有以陶成。漁洋雖嘗一度「避熟」、「喜生」而越唐事宋，最終，仍不能不棄宋歸唐，且以《唐賢三昧》（廣文）之選為大音希聲，此無他，亦漁洋自知其才性之所宜而使然也。

茲舉二例以比較陽剛與陰柔詩境之異。

杜甫〈登高〉：

風急天高猿嘯哀，渚清沙白鳥飛廻；
無邊落木蕭蕭下，不盡長江袞袞來。
萬里悲秋常作客，百年多病獨登臺；
艱難苦恨繁霜鬢，潦倒新停濁酒盃。（錢謙益《杜工部集註》卷十二，新文豐）

龔鼎孶〈自東粵歸過金陵〉：

綺閣臨春玉樹飄，空江鐵鎖野煙消；
興亡何限蘭亭感，流水青山送六朝。（王士禎《池北偶談》卷十一，文淵閣《四庫全書》）

此二者皆有懷古之意，然所表現之情致，一為沉鬱與蒼涼，尤其「萬里悲秋」、「百年多病」，「苦恨」「霜鬢」，「新亭濁酒」，蒼涼沈鬱之情深。龔詩為淡遠之哀愁。詩中言思及陳後主居臨春閣，張貴妃居結綺閣，龔、孔二貴嬪居望仙閣，成日與嬪妃相戲，導至國家敗亡，興亡之感，不勝唏噓。

第一首詩為杜甫在夔州登高之作。前半寫登高所見之景，後半寫登高時所見之情景，後半寫登高時所觸發之感慨。前半一聞一見，有景有聲，在山在水，兩相間隔，不致呆板。後半悲秋登高分寫，言至自己之窮途潦倒。蓋久客則艱辛備嘗，而又多病則潦倒日甚，故白髮日添，酒杯難舉。全詩只有五十六字，竟有如許曲折層次。

詩中意象詞包括：

「猿」、「鳥」、「落木」、「長江」、「客」、「登台」、「霜髮」、「酒杯」。

「猿」與「鳥」二字，係與人最新印象之二字，在第一句由此「猿」字，則描述出詩人印象中與直覺中之「猿」是如何樣之「猿」，在何情況下之「猿」，亦即環繞於「猿」之環境與氣氛如何？「風急」、「天高」則謂於曠野之中而風景廣闊。猿之嘯聲、詩人聞之則深受感動而覺之甚哀。詩人在千百中可取之事物裏，僅選一「猿」。蓋「猿」之思歸與詩人之情緒相近。（王粲〈七哀〉詩有：「荊蠻非我鄉，何為久滯淫」，「流波激清響，猴猿臨岸吟」。）而對此「猿」之想像，則驀地產生一「靈感」，而忽現以渚沙圍繞之鳥空中徘徊。再者，「落木」，順著鳥飛意象，為由上而下動態之圖畫，「長江」則由西而東奔馳的一動態之圖畫，「客」，標出全詩之主體，是為全詩意象之中心。圍繞於「客」之意象羈旅之愁，油然而生。表達作者多病多愁心靈之淒涼，而此情景與感覺上之淒涼，與「客」互相交感，則予人產生沉鬱蒼涼之感。

此詩由意象辭所連結之圖畫，為一登台人在台上所見到之風景，而最後兩句，則全為象徵之表現，即其以具體之物——「酒杯」，以象徵抽象之登台人之心境。「酒杯」於象徵中之意義係「依物擬義」，蓋此詩顯示之圖畫為，一白髮蒼蒼之老人，獨自登台之所見所感，因欣賞景物時之透視，極其深遠而無邊無盡，越發顯出登台人之孤獨與淒涼。繼而於秋天落木之中，感觸自己飄零之身世，煩悶至酒亦不欲喝之境地，沉痛可想。而予人一種強大之感染力，其風格即屬陽剛之美。

二首龔鼎孳作，其主要意象辭為第一句之「閣」、「玉樹」，第二句之「江」、「鎖」，第四句之「山」、「水」。則此詩意象詞比第一首鬆散。而於詩中能具體表出形象者（具現），僅為「山」、「水」。是以前者（一首）所表現之圖畫極清楚，而此首則不然，在於迷離恍惚中所重組之「心象」而已。而重組心象之過程中，則可使吾人神經趨于鬆弛，精神超于安逸，則能以自由之心靈產生——幻象。即屬陰柔之美，由此「陰柔之美」則產生「神韻」之感受。是以有神韻之詩，能於腦膜之中具現心象者極少，本詩末句之「六朝」似可具現形象，然各人所具現之心靈圖畫不會一致，甚至相差極遠。蓋神韻之詩意在筆墨之外，故其為重組意象，能出現許多不同之形象而彈性極大。

5.聲律輕柔、淒涼之感

詩為音樂化之語言，誦時金聲玉振，聽時抑揚悅耳，聲調悠揚而聲情不絕，方為詩之勝境。一首成功之近體體詩之韻律效果，可輔佐詩情內容，使韻律本身，成為詩情之一部分。李白〈早發白帝城〉：

朝辭白帝彩雲間，千里江陵一日還；
兩岸猿聲啼不盡，輕舟已過萬重山。（楊齊賢等《分類補註太白詩》卷二十二，商務四部叢刊）

用之尤妙者，即其中「已過」之「已」為上聲字，上聲字音之特點為由降轉升，而非平衍者，故令人於吟讀中，可聯想輕舟在波濤起伏裡，一上一下飛掠而過之情景，此即視覺得到聽覺之刺激與應合，而使全詩情景越發真實感。

神韻詩內容之韻律則屬低迴、迂緩、輕柔、多抑、多細、多淒涼者，其予人一種淡淡哀愁之感。如漁洋〈秋柳詩〉：

一、

秋來何處最銷魂，殘照西風白下門；他日差池春燕影，祇今憔悴晚煙痕。
愁生陌上黃驄曲，夢遠江南烏夜村；莫聽臨風三弄笛，玉關哀怨總難論。

二、

娟娟涼露欲為霜，萬縷千條拂玉塘；浦裏青荷中婦鏡，江干黃竹女兒箱。

空憐板渚隋堤水，不見瑯琊大道王；若過洛陽風景地，含情重問永豐坊。

三、

東風作絮糝春衣，太息蕭條景物非；扶荔宮中花事盡，靈和殿裏昔人稀。

相逢南雁皆愁侶，好語西烏莫夜飛；往日風流問枚叔，梁園回首素心違。

四、

桃根桃葉鎮相憐，眺盡平蕪欲化煙；秋色向人猶旖旎，春閨曾與致纏綿。

新愁帝子悲今日，舊事公孫憶往年；記否青門珠絡鼓，松枝相映夕陽邊。（《漁洋山人精華錄》卷五，四部叢刊）

漁洋客居山東濟南明湖，賦「秋柳」四章，當時和者數十人。又三年，漁洋至廣陵，和者益眾。其詩全體瑩澈玲瓏，如鏡花水月，純作空中感喟，相中哀愁，最合于神韻論者之詩路。然此詩畢竟為漁洋少年之作，其四章中不言秋字，柳字，而句句不有秋，即有柳，隱射題中字，雖煞費心力，但卻非詩人之正眼法藏，而不為大雅所許。蓋此〈秋柳詩〉之著名，一則固以風華取勝，令人惘然移情；

一則即以聲調取勝。而其詩意，據李兆元《漁洋山人秋柳詩舊箋》，及鄭鴻《漁洋山秋柳詩箋註析解》，皆以為弔明王之作。（見錢仲聯主編《清詩紀事》順治朝卷，頁二〇二二，江蘇古籍出版社）

所謂「高言妙句，音韻天成，皆暗與理合，非由思致。」故漁洋與秋谷皆有《聲調譜》之作，以傳個中之秘。蓋就神韻詩而言，音韻更為構成其「神韻」之必要條件，因其於音韻之襯托下，以抑揚頓挫表現其音樂性，以音韻諧和所產生之美，以助長詩之意境與情調，而增加「神韻」之韻味。

6. 含蓄、婉約的辭采

姚鼐的〈復魯絜非書〉言文有陰柔陽剛，朱光潛嘗舉兩句六言詩：「駿馬秋風冀北，杏花春雨江南」，謂每句皆僅舉以三殊相，然言：「駿馬、秋風、冀北」時，你會想及「雄渾」「勁健」；言「杏花、春雨、江南」時，你會想及「秀麗」「典雅」，又說：「前者是「氣慨」，後者是「神韻」；前者是剛性美，後者是柔性美。」（《文藝心理學》，第十五章，頁二三三，鴻儒書坊）所言甚是。

就詩的形式言，表現于文字上者，有聲律與辭采；表現於文字外者則有神韻。神韻雖於文字之外，卻必須依附文字。而聲律之美訴諸聽覺，辭采之美訴諸視覺。兩者不同。

然則論詩而言及辭采字句，似已著形跡落言筌。是以字句為詩之構成基礎，亦為美之要件。而構成神韻詩辭采之特色者，即屬「杏花、春雨、江南」式之字句，且具含蓄、蘊藉、清遠、婉約之美者。

《文心雕龍、隱秀篇》云：

情在詞外曰隱，狀溢目前曰秀。（缺文，《歲寒堂詩話》卷上，《續歷代詩話》引，藝文）。

隱指興在象外，言有盡而意不盡。秀指形容，描繪眼前。〈隱秀篇〉言狀溢目前，即謂實感性之美。而情在詞外，即指含蓄之美。亦即滄浪所謂「言有盡而意無窮」者，此種含蓄蘊藉，味之愈出，而通體晶瑩，玲瓏剔透之美感，即能產生神韻。茲舉一首被漁洋推許為唐人七絕「壓卷」之作——王昌齡之〈長信秋詞〉：

奉帚平明金殿開，且將團扇共裴回；
玉顏不及寒鴉色，猶帶昭陽日影來。（《全唐詩》卷一百四十三，明倫出版社）

通常寫怨詞，多以夜景陪襯，因為「月上柳梢頭，人約黃昏後」也；待月移花影，約而不來，方始生怨。然本首一起，即點出時間是在「平明」，則「紅顏未老恩先斷，斜倚薰籠坐到明」，已盡在不言中矣。故由此推想，往昔無數重重疊疊之失望，如今則已不敢有所期望，無所期望，則更覺長日漫漫，百般無聊，爾今爾後，無數朝朝暮暮，亦唯有「且將團扇共徘徊」矣！沈德潛《唐詩別裁集》卷十九云：昭陽宮，趙昭儀（飛燕）所居宮，宮在東方，寒鴉帶日影而來，見己之不如鴉也。優柔婉麗，含蘊無窮，使人一唱而三歎。（浙江古籍）。此詩與李義山之「嫦娥應悔偷靈藥，碧海青天夜夜心」情味、意境相似，但只拈出「平明」二字暗示，誠可謂達到詞微旨遠，語淺意深之隱。

漁洋既主「神韻」，則其作詩亦必於「神韻」刻意求之。今觀漁洋詩（以絕律為主），所表現之辭采形態，得其獨特處如下：

第一，漁洋為爭取神韻，則甚喜用疊字或無可如何之字眼。如：瀟瀟、蕭蕭、如何、何如、不奈、不見、分付、等閒等字，則每於句中屢見。例：

〈阮亭秋霽有懷西山寄徐五〉：

孤亭新霽後，藤竹夜涼生；忽憶西峰寺，曾經采藥行。
夕陽雲木秀，秋雨石泉清；不見煙霞侶，相思空復情。（《漁洋精華錄》卷五）

所謂「不見煙霞侶，相思空復情」，有相思的惆悵。

〈江上寄程崑崙〉：

白浪金山寺，青山鐵甕城；
故人今不見，楊柳作秋聲。（《漁洋精華錄》卷五）

結句以景「楊柳作秋聲」，作無限的感歎。

〈江上〉：

吳頭楚尾路如何，煙雨秋深暗白波；
晚趁寒潮渡江去，滿林黃葉雁聲多。（《漁洋精華錄》卷五）

結句「滿林黃葉雁聲多」，烘托無限的傷感。

〈雨中渡故關〉：

危棧飛流萬仞山，戍樓遙指暮雲間；
西風忽送瀟瀟雨，滿路槐花出故關。（《漁洋精華錄》卷六）

三四句、西風送瀟瀟秋雨，滿路槐花，引起渡故關的愁思。

〈蟂磯靈澤夫人祠〉二首之二：

霸氣江東久寂寥，永安宮殿莽蕭蕭；
都將家國無窮恨，分付潯陽上下潮。（《漁洋精華錄》卷十）

宮殿與草莽蕭蕭，引起家國興亡之恨，隨潮水起落，無限哀思。

第二、漁洋但求詩之美麗，而絕不避用重字，如〈真州絕句〉五首（《漁洋精華錄》卷五），其每首皆有「江」字，〈秦淮雜詩〉，有五首皆用「不」字，包括：「不似」、「不信」、「不應」、「不見」、「不見」等詞。

第三、漁洋不嫌古人所作之詩詞，其仍然照做不誤，抑且不懼典故之反覆使用，如〈夜雨題寒山寺〉，兩首中兩用「鐘」字，兩用「寒山」。（第一首有「疏鐘夜火寒山寺」，第二首有「獨聽寒山半夜鐘」句）

第四、漁洋喜將地方之典故，或古人之語彙，鎔化為自己之言，如「殘月曉風仙掌露，何人為弔柳屯田」，「楊柳岸、曉風殘月」本為柳屯田之詞句，而漁洋則用之弔柳屯田矣。

第五、漁洋絕句，頗少用生字僻句，讀之極其順口，故能達到「久之趨於平淡」之境。

茲再觀漁洋屢次所標之他人合於神韻之詩句。如四言為魏、嵇康之「手揮五絃，目送歸鴻。」（〈四言贈兄秀才入軍詩〉，收在逯欽立編《先秦漢魏晉南北朝詩》，魏詩卷九十八章之十四，學海書局）。五言則晉、左思之「振衣千仞岡，濯足萬里流。」（〈詠史詩〉，同上，晉詩卷七）。宋、謝靈運之「池塘生春草」（〈登池上樓〉，黃節註《謝康樂詩註》卷二，藝文）梁、柳惲之「亭皐木葉下，隴首秋雲飛。」（〈擣衣詩〉，收在逯欽立編《先秦漢魏晉南北朝詩》，梁詩卷八，學海）王籍之「蟬噪林逾靜，鳥鳴山更幽」。（〈入若邪溪詩〉，收在《先秦漢魏晉南北朝詩》，梁詩卷十七，學海）唐、孟浩然之「微雲淡河漢，疏雨滴梧桐。」（秋月聯詩，見《唐詩紀事》，卷二十三，木鐸）王灣之「海日生殘夜，江春入舊年。」（〈遊吳中江南〉）馬戴之「猿啼洞庭樹，人在木蘭舟。」（〈楚江懷古〉）司空圖之「曲塘春盡雨，方響夜深船。」（得於江南詩句，見《唐詩紀事》卷六十三，木鐸）又舉王維之「雨中山果落，燈下草蟲鳴。」（〈秋夜獨坐〉）「明月松間照，清泉石上流。」（〈山居秋瞑〉）李白之「卻下水晶簾，玲瓏望秋月。」（〈玉階怨〉）其他如謝靈運「雲日相輝映，空水共澄鮮。」（〈登江中孤嶼〉），常建「山光悅鳥性，潭影空人心。」（〈題破山寺後禪院〉）。孟浩然之「樵子暗相失，草蟲寒不聞。」（〈游精司觀回王白雲在後〉）劉昚虛之「時有落花至，遠隨流水香。」（〈闕題〉）。合於神韻。

就以上詩句《香祖筆記》卷四（四庫全書）亦有收錄。就詩中之意加以觀察，如左思「振衣濯足」表高邁，王維「雨中燈下」、以及孟浩然之「樵子草蟲」表幽寂外，大抵平淡中有滋味，均高深而具雋永之趣。可悟其三昧。漁洋平生得力之處，恐亦在此。

綜合以觀，漁洋所謂有神韻之詩，其辭采特色：一為洗盡鉛華，淡掃娥眉而少雕飾之詞，亦即為一「輕」而「淡」之筆，而令人心神瑩徹。二為婉約、含蓄之象徵筆法，以達弦外之音之效果。（以上「神韻說」部份內容，參談海珠《王漁洋神韻說》，東海碩士論文）

是以詩中是否具有神韻，則尚須驅遣適當之詞彙表示。《漁洋詩話》中有云：「意有餘而約以盡之，善措辭也。」準斯以談，神韻詩之辭采，需清新而不雕繪，古澹而不穠治，含蓄而不豁露，典切而黏滯。質言之，即「超逸」之別名而已。惟其「超」也，故能得象外之神；惟其「逸」也，故能得弦外之韻。

戊、綜結

「神韻」一詞，很早見於唐人張彥遠《歷代名畫記敘論》卷一的〈論畫六法〉裏。該文引謝赫云：「畫有六法，一曰氣韻生動」。又云：「至於鬼神人物，有生動之可狀，須神韻而後全。若氣韻不周，空陳形容似；筆力未遒，空善賦彩，謂非妙也。」（收在俞崑《中國畫論類編》，頁三二，華正書局）。論畫的神韻。在《香祖筆記》卷六有：「余嘗觀荊浩論山水，而悟詩家三昧，曰遠人無目，遠山水無波。遠山無皴。（文淵閣《四庫全書》，台灣商務）而明末董其昌論南宗的山水畫，也直接影響了王漁洋詩論。（《香祖筆記》曾引王楙論《史記》如郭忠恕畫語，以為得詩文三昧，即司空圖所謂「不著一字，盡得風流」，又引荊浩論山水語，以為聞此而悟詩家三昧。《池北偶談》卷下，論王維詩畫，以為「古人詩畫，只取興會神到」。王維、荊浩、郭忠恕都是南宗畫家，而在〈芝廛集序〉，更明白論述南宗畫和詩的關係。）

至於詩論本身的繼承發展上，漁洋曾言：「余於古人論詩，最喜鍾嶸《詩品》，嚴羽《詩話》，徐禎卿《談藝錄》」。他們都是神韻說之濫觴者。而明人胡應麟始標神韻之名，陸時雍、王夫之繼之（陸氏論神韻語見《詩鏡總論》，王夫之《古詩評選》評〈大風歌〉云：神韻所不待論。評謝眺〈銅雀台〉：淒清之在神韻。《明詩評選》：評貝瓊〈秋懷〉云：一泓萬頃，神韻奔赴。）都在漁洋之前。明代前後七子於詩，言必盛唐漢魏，其弊流於膚廓；公安派以宋人矯七子之失，其弊又流於淺率，漁洋生在清初，兩派流弊已經顯著，要糾正兩派的偏差，所以一面標舉唐音，一方面又不是主張七子那樣的盛唐空套，調和唐宋分界之說。

漁洋晚年論神韻，又列王、孟、韋、柳「不著一字，盡得風流」為上，他對司空圖的《二十四詩品》，不取雄渾、沈著、勁健、豪放、悲慨諸名，而獨標舉有謂沖澹者曰：「遇之匪深，即之愈希」。有謂自然者曰：「俯拾即是，不取諸鄰。」有謂清奇者曰：「神出古異，澹不可收。」是三者品之最上。證之以漁洋晚年所作《唐賢三昧集、序》，所說的「別有會心」、錄其「雋永超詣」（廣文），和對《滄浪詩話》所云「羚羊掛角，無跡可求。」（藝文）司空圖所云：「妙在酸鹹之外」（藝文），論旨也完全符合。正如翁方綱在《七言詩三昧舉隅》上所指出的，先生於唐賢獨推王維、儲光義、孟浩然、王昌齡、高適等等諸家，得三昧之旨，蓋專以沖和淡遠為主，不欲以雄鷙奧博為宗。（丁福保《清詩話》頁五，藝文）。又云：「漁洋之識力，無所不包，漁洋之心眼，抑別有在。」（同上，頁二）而漁洋神韻說的偏宕之蔽，最後又不可避免地陷入模糊的影響。神韻派詩和明七子的貌為盛唐，同樣是一種空腔。當漁洋詩論所引起的補弊救偏作用消失了時代意義以後，神韻說本身也就有待於後人的補弊救偏了。而神韻詩，往往格局小，偏於律絕，且缺乏現實內容，是為缺失。

施愚山所謂之「縹緲無際」，紀昀所謂之「虛響」，郭紹虞所謂之「空寂」，趙翼云：「專以神勝，但可作絕句。而元微之所謂：鋪陳終始，排比聲韻，豪邁律切者，往往見絀。」（《甌北詩話》卷十，湛貽堂）。袁枚云：「阮亭先生自是一代名家，惜譽之者既過其實，而毀之者亦損其真。須知先生才本清雅，氣少排奡，為王、孟、韋、柳則有餘，為李、杜、韓、蘇則不足也。（《隨園詩話》卷二，隨園三十六種）可謂知言。

漁洋嘗例舉：王摩詰、常建、孟襄陽、亦皆以五言絕句馳名，若欲於律詩中尋求合於神韻之作，則不論五、七言律，皆非易事。

二、趙執信（1662-1744）聲調說（神韻派的反動）

趙執信字申符，山東益都人。

趙執信有《談龍錄》一卷，及《聲調譜》一卷；《聲調譜》的著作動機，據〈自序〉，他二十歲上京時，聽說漁洋有關於古詩聲調的秘訣，乃遝往請教，漁洋吝不肯授，他乃暗中從旁悟得其說，並將之出示與漁洋，漁洋甚覺驚訝。此後遂對漁洋懷惡感，趙執信和王士禛之交惡，傳說很多，歸納起來，大約不外下列兩點：

1. 像《四庫提要》所說的，是因為趙執信求作《觀海集・序》，王士禛屢失其期，於是漸相詬厲，仇隙終身。（參閱舒位《瓶水齋詩話》，新文豐）

2. 像趙執信門人沈起元所作《飴山文集》序中所說的：「一時乃以微眚被斥，蓋若有陰中之者。」據王乙之的說法，「有陰中之者」，係指王士禛而言。（參閱〈乙之姚惜抱手蹟〉一文）康熙二十八年，趙執信因「國喪演劇」罷斥終身，所謂「可憐一曲長生殿，繼送功名到白頭」是也。沈氏所言，即指此事。

康四十八年，趙執信年四十八，距離他十八歲登詞館恰好三十年，這年他寫成《談龍錄》，指責王士禛，語多尖酸刻薄，而王士禛是年已七十六歲，亦撰成《分甘餘話》，既自比老杜，又痛詆批評他的人，無異蚍蜉撼大樹，何其愚妄。可見二人交惡之深，已至水火不相容的地步，趙氏固然胸襟狹窄，王氏「愛好」之心，也未免太甚，這恐是二人交怨日趨於深的主因。

趙執信在《談龍錄》中，推崇馮班、吳喬、錢良擇等人的詩論，以貶抑王士禛，蓋馮班、吳喬論詩與王士禛相異故。對於王士禛的攻擊，大約就下列幾點而論。

a. 司空圖、嚴羽論詩之語，王氏奉為圭臬，而馮、吳嘗糾其謬，趙執信並舉之，曰：「馮先生糾之盡矣。」

b. 王士禎不廢格調，吳喬〈答萬季野詩問〉則譏之為「清秀李于鱗」（此王士禎言，青木正兒《清代文學批評史》以為錢謙益，非）

c. 王士禎標舉神韻，以流連山水，點染風景為主，而趙執信則引吳喬「詩中須有人在」，馮班「溫柔敦厚」語，以斥神韻說之空寂。

《談龍錄》頁二云：

> 詩之為道也，非徒以風流相尚而已，《記》曰：溫柔敦厚，詩教也。馮先生恆以規人。〈小序〉曰：發乎情，止乎禮義。余謂斯言也，真今日之針砭矣夫。（藝文，下同）

《談龍錄》頁二云：

> 崑山吳修齡（喬）論詩甚精，所著《圍爐詩話》。余三客吳門，求之不可得，獨見其〈與友人書〉一篇，中有云：「詩之中，須有人在」。余服膺以為名言。

《談龍錄》頁三云：

山陽閻百詩（若璩）學者也，《唐賢三昧集》初出，百詩謂余曰：是多舛錯。

《談龍錄》頁四云：

清新俊逸，杜老所重，要是氣味神采，非可塗飾而至，然亦非以此立詩之標準，觀其他日稱李。又云：筆落驚風雨，詩成泣鬼神。其自詡亦云：語不驚人死不休。

《談龍錄》頁四云：

余讀《金史・文藝傳》，真定周昂德卿之言曰：文章工於外而拙於內者，可以驚四筵而不可以適獨坐，可以取口稱而不可以得首肯。又云：文以意為主，以言語為役，主強而役弱，則無令不從，今人往往驕其所役，至跋扈難制，甚者反後其主，雖極詞語之工，而豈文之正哉。

魏文帝曰：「文以意為主，以氣為輔，以詞為衛。」（見陳師道《後山詩話》頁十二引，藝文）此處亦以詩文以意為主，言語為奴。且詩中須有人在，能發乎情、止乎義。

漁洋的秘訣，《然燈記聞》中，於教其門人甚至說，「律句只要辨一三五，俗云一三五不論，怪誕之極，決其終身必無可通之理。」（《清詩話》，藝文）可見問題是在「一三五」。以七言律基本形式說：

（甲）平平仄仄仄平平
（乙）仄仄平平平仄仄
（甲）與（乙）：平仄法相反

（丙）仄仄平平仄仄平
（丁）平平仄仄平平仄
（丙）與（丁）：平仄法相反

據《律詩定體》，其要旨為：

a. 七言的第一字不論平仄。

b. 平不可令單，即七言的第三和第五字（五言的第一、第三字）通常可不論平仄，但若基本形式的第三和第五字處是平，將此改用仄，而使底下的字，挾在仄與仄之間，成孤立狀況，這時就須避開。即是說，不宜將丙式的第三字改用仄，使成為「仄仄仄平仄仄平」，丁式的第五字改用仄，使成為「平平仄仄仄平仄」，孤立底下的平字，此時必須用平。

c.七言的第五字（五言的第三字），基本形式是仄，因用平，而底下成為三個平，平聲相聯，或者基本形式是平，因改用仄，而底下成為三個仄，聲相聯，這時也必須避開。即甲式不宜成為「平平仄仄平平平」，乙式不宜成為「仄仄平平仄仄仄」按忌三平或三仄相連（避下三連病）。

趙執信的《聲調譜》分《前譜》、《後譜》、《續譜》。又稱《聲調三譜》，是中國詩學史上第一部比較全面論及律詩平仄格律，和古調區別的專門著作。其結論是：

一篇中以純用古句，不雜律句，拗句者為正體，偶或用律句時，則須配以古句補救之，斷不可一聯兩句都用與律詩模糊不清的平仄法。其次，關於律詩，是專就拗體，即變則者而論。因不拗是常體，故無須說明。其中有關律詩的第二句的平仄，和漁洋的說法相同，指應忌平的孤立，說：「仄平仄仄平，則古詩句矣，此格人多不知者，由一三五不論一語誤矣」，這或許出於漁洋之說，其他尚論「齊梁體」和「半格詩」等。

齊梁體，指平仄法略同與律詩，而對句不如律詩嚴格，此即「格詩」與律詩不同點。從詩學發展的角度說，齊梁體，或稱格詩，是由古詩發展到律詩的過渡現象。

三、沈德潛（1673-1769）格調（律）說（應作格律，一般作格調）

沈德潛，字確士，號歸愚，蘇州長洲縣人，康熙十二年生，乾隆三十四年以九十七歲逝世。他曾有十七次名落孫山（見袁枚〈太子太師禮部尚書沈文慤公神道碑〉，《小倉房文集》，卷三，《隨園三十六種》），六十七歲始及第，旋即進翰林院，以指導乾隆皇帝之詩，一躍為宮庭詩人，由於才鈍，日夜奮勉，除了喜歡唐詩外，加上注意詩的格律，因而走向明代前後七子李、王、李、何等格調派的方向。其論詩著作，有《說詩晬語》二卷。在《說詩晬語》卷上說：「有第一等襟抱，第一等學識，斯有第一等真詩。」（藝文）可知，他認為有襟抱、學問、識見才有好詩。其詩論主格調。其標舉格調動機在於：就內容言，清初虞山詩派馮班、吳喬等人尚中晚、倡言崑體，一時浮靡之風大盛，沈德潛即為「去淫濫以歸雅正。」就風格言，王漁洋神韻說，流於空寂、古澹閒遠，缺乏魄力，沈德潛欲以雄渾濟神韻不足。就形式言，沈德潛格調說，攙雜神韻，與明七子格調說不盡相同。

「格調」一詞：

「格」是思想表現的樣式（意、內容）

「律」是文辭聲音所構成的韻律（聲、形式）

故意高則格高，聲辨則律清，格律全，然後始有調，故「調」，大概是指由內容和外形所構成的作風，唐代或稱「聲律」，或稱「聲調」，「律」與「調」大體被通用。

至明代格調派始祖李東陽（李夢陽老師），其《麓堂詩話》除格調以外，還有「格律」「聲調」等術語，而且說「眼主格，耳主聲」，蓋「格調」是構成詩外形的形式，分解即成「格律」與「聲調」；「格」訴之於視覺，即思想表現的樣式；「聲」訴之於聽覺，即文辭的聲音，而聲有「律」與「調」之別，「聲律」是平仄法，「聲調」是聲律運用所產生，具有個人或時代特色的音調，但「聲律」是一般法則，包含在「聲調」中，故此二者可以合用。故「格調」分為「格律」與「聲調」，然而「格調」與「格律」往往被混為二，一般用語殆不分別，如楊萬里所說的「格調」同義，袁枚卻用「格律」。

1. 溫柔敦厚。其《說詩晬語》第一節云：

> 詩之為道，可以理性情，善倫物，感鬼神，設教邦國，應對諸侯，用如此其重也；秦、漢以來，樂府代興，六代繼之，流衍靡曼，至有唐而聲律日工，託興漸失，徒視為嘲風雪，弄花草，遊歷燕衎之具，而詩教遠矣。學者但知尊唐，而不上窮其源，猶望海者，指魚背為海岸，而不自悟其見之小也。今雖不能竟越三唐之格，然必優柔漸漬，仰溯風雅，詩道始尊。（卷上，《清詩話》本，藝文）

這是他的開宗明義第一章。就是詩以載道之意。由格調言，講法，講詩格，詩體，勿求新異，可不越三唐之格；由志言，更須仰溯風雅，然後為正。所以三唐之格是由「詩之本」以規定的正格；而溫柔敦厚的詩教，乃是由「詩人之本」以規定的正格。

又，他在《國朝詩別裁集・凡例》中說：

> 詩必原本性情，關乎人倫日用，及古今成敗，興懷之故者，方為可存，所謂其言有物也。若一無關係，徒辨浮華，又或叫號撞搪以出之，非風人之旨矣。尤有甚者，動作溫柔鄉語，如王次回《疑雨集》（明、王彥泓（次回）撰，專為香奩豔詩）之類，最足害人心術，一概不存。（商務）

他不但把詩，當成人倫日用，關係人倫日用，古今成敗的教化依據，而且反對豔情詩，他又在《說詩晬語》卷下云：

> 《詩》本六籍之一，王者以之觀民風，考得失，非為豔情發也。雖四始以後，〈離騷〉與美人之思，平子有定情之詠，然詞則託之男女，義實關乎君父、友朋。自梁、陳篇什，半屬豔情，而唐末香奩，益近褻嫚，失好色不淫之旨矣，此旨一差，日遠名教。（《清詩話》）

他是站在儒家思潮論詩，可是這麼一來，簡直就是道學先生講詩。所以在《說詩晬語》卷上開宗明義便說：「詩之為道，可以理性情，善倫物，感鬼神，設教邦國，應對諸侯。」（《清詩話》，藝文）

2.興觀群怨

其《唐詩別裁集》中，評杜詩云：

> 聖人言詩，自興、觀、群、怨，歸本於事父，事君。少陵身際亂離，負薪拾樵，而忠愛之意，惓惓不忘，得聖人之旨矣。（浙江古籍）

以為詩之功能在於事君、事父，關係人倫日用。袁枚則不以為然。在〈答沈大宗伯論詩書〉云：

> 至所云：詩貴溫柔，不可說盡，又必關係人倫日用。此數語有褒衣大袑氣象，僕口不敢非先生，而心不敢是先生，何也？孔子之言，《戴經》不足據也，惟《論語》為足據，子曰：可以興，可以群。此指含蓄者言之，如〈柏舟〉、〈中谷〉是也；曰「可以觀，可以怨」，此指說盡者言之。如「豔妻煽方處，投畀豺虎」之類是也。曰「邇之事父，遠之事君」，此詩之有關係者也。曰「多識於鳥獸草木之名」，此詩之無關係者也。僕讀詩常折衷於孔子，故持論不得小異於先生。（《小倉山房文集》卷十七，《隨園三十六種》下同）

又，〈再與沈大宗伯書〉：

聞《別裁》中，獨不選王次回詩，以為豔體不足垂教，僕又疑焉。夫〈關睢〉即豔詩也，以求淑女之故，至于「展轉反側」，使文王生于今，遇先生，危矣哉。《易》曰：「一陰一陽之謂道。」又曰：「有夫婦然後有父子」。陰陽夫婦，豔詩之祖也。」（《小倉山房文集》卷十七）

沈德潛以為詩在關係人倫日用，與教化，豔情之說，不足以垂教化，是以棄之，為主性靈的袁枚所反對。蓋陰陽夫婦之間，是豔詩之祖，而《詩經・關睢》表達追求愛情，為豔詩。

他既講格調，又講溫柔敦厚，故不致如格調神韻說之空廓，同時也不致如專主性靈者之浮滑與俚俗。他說：「若胸無感觸，漫爾抒詞，縱辨風華，枵然無有」（《晬語》上），可知他論詩未嘗不重在性情；然而他又以重在格調與溫柔敦厚之故，引朱子「涵濡以體之」，又以「惟張文昌（籍）、王仲初（建）樂府，專以口齒利便勝人，雅非貴品」（均見《說詩晬語》上），據是，又可知他對于性靈說之不滿了。他書中曾稱引毛稚黃語：「詩必相題，猥瑣尖新淫褻等題，可無作也；詩必相韻，故拈險俗生澀之韻，可無作也。」而以為「昏昏長夜得此豁然」，毛稚黃之《詩辨坻》，本是偏於格調說的；如《詩辯坻》云：詩者，溫柔敦厚之善物也。（卷三，收在郭紹虞《清詩話續編》，木鐸本）因此沈歸愚引為同調，是當然的事。

此外，沈德潛在詩歌方面講究詩法，要以意運法。章法分長篇、短篇，長篇重鋪述，短篇重收束。造句重錘鍊。用事，則活用經史諸子等等，亦都可取。

沈德潛主張學貴於才。在〈李玉洲太史詩序〉（《文鈔續》卷八，乾隆間平河趙氏清稿本，下引同）中所說：

> 詩無不學古人者，太白曠世之逸才，其始讀於匡山者十九年。杜甫自言所得曰：「讀書破萬卷，下筆如有神。」可知古人業之所以神明者，各自強學而得。自嚴儀卿詩有別才，非關於學，因誤用其說，遂以空疏、鄙俗之辭，載之詩集，本於古典者漸稀，而去詩道日遠。

嘆嚴羽「詩有別才，非關書也」之說的誤害後人。但他並非根本輕視才華的重要，而是要求才學兼備。所謂：「非多讀書，多窮理，則不能極其至。」（嚴羽《滄浪詩話》，何文煥《歷代詩話》本，藝文）

更在〈李玉洲太史詩序〉（《文鈔續》卷八）中，詳論此點說：

> 古來論詩家，主趣者有嚴羽滄浪，主法者有方虛谷，主氣者有楊伯謙，主格者有高廷禮，而近代朱竹垞則主乎學，之五者均不可廢也，然不得才以運之，恐趣非天趣，法非活法，

氣非浩氣，格非高格，即學亦徒見汗漫叢雜，而無所歸，蓋詩之為道，人與天兼焉，而趣、而法、而氣、而格、而學，從乎人者也，而才則本乎天者也。人可強，而天不可強，故從來以詩鳴者，隨其所長，俱可自見，而詩人中之稱才人者，古今祇有數人相望於天地間。

觀此，他固然最重視才，但才是天性，非人才所及，若由他所說，真正才人極難得這點著想，則學詩者通常可走的途逕，還是只有從趣、法、氣、格、學等人力所能及的範圍去努力，別無他法，而趣與格又多本乎天，故單就人力本身所能得到的，畢竟只剩法、格、學三者。因此，其溫和的思想，以格調和學為主，是必然的結論。

第三章　承公安三袁系統

一、公安三袁的文學理論

明神宗萬歷（1573-1619）時，在文壇上，繼歸有光（1506-1571），唐順之（1507-1560）之後，反對前後七子復古主義的文學運動，這次運動蓬勃的發展，比歸、唐那一次更為徹底，影響更加廣泛。它產生的原因，由於明中葉後思想的解放，要求性靈，擺脫擬古主義的束縛；加上王守仁（1472-1528）、王艮（1483-1540）等人的哲學思想（唯心主義），動搖了朱熹學派在明代思想界的統治力量；再次，明萬歷時戲曲、小說、民間歌謠等通俗文學特別繁榮，這是新興的市民文學，這種思想「尚真」，「尚奇」，「尚真」則不主摹擬，「尚奇」則不拘一格，這對當時公安派有很大的影響。

所以，在這種要求文學反映新的思想意識的時代裏，當時那種專以剽竊抄襲為能事的「擬古」作品，自然就成為文學前進的障礙了。袁宏道說：

> 近代文人……以剿襲為復古，句比字擬，務為牽合，棄目前之景，摭腐濫之詞，有才者詘于法，而不敢自伸其才。無之者，拾一二浮泛之語，幫湊成詩。智者牽於習，而愚者樂其易，一唱億和，優人騶從，共談雅道，吁！詩至此抑可羞哉。（《雪濤閣集序》，收在《袁中郎文鈔・序文》，《袁中郎全集》，卷十，道光十年類定，下同）

又說：

> 至于今市賈傭兒，爭為謳吟，遞相臨摹，見人有一語出格，或句法事實，非所曾見者，則極詆之為野路詩。其實一字不觀，雙眼如漆，眼前幾則爛熟故實，雷同翻復，殊可厭穢。（〈敘姜陸二公同適稿〉，收在《袁中郎文鈔・序文》，卷十）

這正擊中了擬古主義的要害。

領導反擬古運動的公安派，它的代表人物是袁宗道（字伯修，1560-1600），袁宏道（字中郎，1568-1610），袁中道（字小修，1570-1623）三兄弟，世稱三袁，他們都是湖北公安人，故稱「公安派」。

三袁之中，名聲最著的是袁宏道，他是萬歷進士，曾任吳縣知縣，即結社城南，為之長。可見他參加文學活動是很早的。他是李贄（1527-1602）（王守仁學派）弟子，繼承了李的思想，在文學上掀起了反復古主義，反形式主義的運動。

公安派的文學主張，表現在兩方面，一、文學主張的進步觀；二、他們創作所表現出來進步傾向。公安派反對摹擬，不拘格套，提出了「獨抒性靈」的口號，要求作品有創造性，和真實性，重視通俗文字。

復古主義，把文學看作靜止的現象。公安派是從文學發展來看問題的，他在〈敘小修詩〉說：

> 唯夫代有升降，而法不相沿，各極其變，各窮其趣，所以可貴，原不可以優劣論也。（《袁中郎文鈔・序文》，卷十）

時代不斷發展，文學也在不斷發展，各個不同時代賦予文學以各種不同的特色，文學上的一切現象都與時代有密切的聯繫。袁宏道在〈與江進之〉中，進一步的提出了「古不可優，後不可劣。」也就是不可貴古賤今，或尊今屈古的歷史觀點。這些理論符合歷史發展規律的。因此，給「文必秦漢，詩必盛唐」論者，當頭一棒。

擬古主義無視于文學的內容，而專講求形式。他們在「擬古」的幌子下，把古人的作品當成「範本」，一筆一筆的臨描。公安派有力地揭露和駁斥了這種做法。首先他們批判了單從形式上摹仿的傾向，認為「襲古人語言之跡，而冒以為古，是處嚴冬而襲夏之葛者也」。（〈雪濤閣集序〉）。接著，他們提出了自己的口號，文學要獨抒性靈，所謂獨抒性靈，就是要抒寫自己真實的感情，不要虛偽地人云亦云。袁中即在〈答李元善〉中所說：

> 文章新奇，無定格式，只要發人所不能發，句法、字法、調法，一一從自己胸中流出，此真新奇也。（《袁中郎尺牘》，收在《袁中郎全集》，卷廿三）

他們反對摹擬，并不是反對學習古人，袁中郎在〈敘竹林集〉云：

> 是故善畫法者，師物不師人。善學者，師心不師道。善為詩者，師森羅萬象，不師先輩。法李唐者，豈謂其機格與字句哉？法其不為漢，不為魏，不為六朝之心而已，是真法者也。（同前，卷十）

他對於學習這個概念，在於師心不師道，所謂「法其不為漢」、「魏」、「六朝」之心，做了多麼透徹的解釋。

擬古主義，把秦漢，盛唐捧上天，文自秦漢之後，詩自盛唐之後，一概不予問津，肆意菲薄。他們當然更不會重視通俗文字。但公安派卻極力推崇這種不被目為正統的文學，所謂捧「俗」，捧「今」，與擬古的捧「古」不同。袁宏道把《水滸傳》、《金瓶梅》與《六經》、《離騷》、《史記》諸書相提並論。明清的民間文學和通俗文學，所以得到很大的發展，公安派也曾起了一定作用。至於清代袁枚性靈說，甚至民國林語堂提倡小品，公安派有其影響力。

二、錢謙益（1582-1664）香觀說

錢謙益（1582-1664），江蘇常熟人，是虞山詩派的代表。早年喜李夢陽、王世貞作品。後受袁小修影響，以詩「比物託興」為主旨。又以「觀色」、「觀香」評介詩之形式與性情之美。作品有《牧齋有學集》、《初學集》等。

1.早期醉心於擬古派

在〈答山陰徐伯調書〉云：

> 僕年十六七時，已好陵獵為古文。空同（李夢陽，1472-1529，有《空同集》），弇山（王世貞，1526-1590《弇州山人四部稿》）二集，瀾翻背誦，暗中摸索，能了知某紙，搖筆自喜，欲與驅駕，以為莫己若也。（《牧齋有學集》卷三十九，頁九，四部叢刊）

是早年醉心於擬古主義的最好說明。

2.在萬歷三十四（1606），三十五（1607）後，受李流芳（長蘅）（1575-1629），嘉定友人，聽得歸有光（1506-1571）文說，傾慕歸有光，晚年致力於歸有光文集的收集，與歸有光孫子歸昌世搜集遺文。

3.萬歷三十七年（1609），錢二十八歲，與袁中道（小修）交往，反擬古之說，受公安派影響。

4.天啟元年（1621），受嘉定、程嘉燧（孟陽）（1565-1643）影響，又受湯顯祖（1550-1617）勸言，（《湯義仍先生文集・序》，收在《明代文學資料彙編》，頁八，國立編譯館）。

> 吾少學為文，已知呰謷王、李，搰搰然駢枝儷葉，從事於六朝，久而厭之，是亦王、李之朋徒耳。蕩滌放志者數年，始讀鄉先正之書，有志於曾、王之學。

在《列朝詩集》〈程嘉燧傳〉中，稱程氏為「熟精李、杜二家，深悟剽賊，比擬之謬」。又云「盡掃王（世貞）、李（攀龍）之雲霧，一開後世之心眼，其有功於斯道者大矣。」

5. 批評李夢陽、李攀龍

王世貞為一代文學大家，不易抹殺，他非難之點：

a. 不可將學習目標限於秦漢和盛唐詩。

b. 不可忘卻了悟古人精神，而徒學其形骸。

c. 不可剽竊、摹擬古人字句。

他每攻擊擬古派，即舉此三點相對。關於第一點，他認為李、何、李、王等人，於詩專以盛唐為目標，排斥其他各家，其淵源發於宋嚴羽的《滄浪詩話》，故首先乃將攻擊的矛頭對準這點，嗟歎道：

> 宋之學者，祖述少陵，立魯直為宗子，遂有江西宗派之說，嚴羽卿辭而闢之，而以盛唐為宗，信羽卿之有功於詩也。自羽卿之說行，本朝奉以為律令，談詩者必學杜，必學漢、魏、盛唐，而詩道之榛蕪彌甚……，偽體之多，而別裁之不可以易也。（《初學集》卷三十二〈徐元歎詩序〉，四部叢刊）

且不論將目標局限於小範圍說：

嗟夫！天地之降才，與吾人之靈心妙智，生生不窮，新新相續。有《三百篇》則必有楚《騷》，有漢魏建安，則必有六朝，有景隆（指唐中宗景龍 A.D.707）、開元，則必有中晚及宋、元。而世皆遵守嚴羽卿、劉辰翁、高廷禮之瞽說，限隔時代，支離格律。（《有學集》卷四十七，〈題徐季白詩卷後〉，四部叢刊）

這種一代有一代之文，正如袁中郎、〈敘小修詩〉說：

秦、漢而學六經，豈復有秦、漢之文，盛唐而學漢魏，豈復有盛唐之詩？惟夫代有升降，而法不相沿，各極其變，各窮其趣，所以可貴，原不可以優劣論也。（見前）

又說：

古有古之時，今有今之時，襲古人語言之跡而冒以為古，是處嚴冬而襲夏之葛者也。（〈雪濤閣集序〉，見前）

可知錢謙益這方面的文學觀，受公安派影響所至。

再就第二點言，非難忽略學真正漢文唐詩精神中，曾說：

漢之文有以為漢者矣，唐之詩有所以為唐者矣。知所以為漢者，而後漢之文可為。……自唐、宋以迄於國初，作者代出，文不必為漢而能為漢，詩不必為唐而能為唐，其精神，氣格皆足以追配古人，……弘正（孝宗弘治 1488-，武宗正德 1506-）之間，有李獻吉（夢陽、空同子）者，倡為漢文杜詩，以叫號於世，舉世皆靡然而從之矣。然其所謂漢文者，獻吉之所謂漢，而非遷、固之漢也；其所謂杜詩者，獻吉之所謂杜，而非少陵之杜也。（〈答唐訓導汝諤論文書〉，《初學集》卷七十九）

指責李夢陽等缺乏「漢唐之所以為漢唐」，即「精神氣格」的傳授。進而論及其摹擬的弊病，嘲諷說：

本朝自有本朝之文，而今取其似漢而非者、為本朝之文；本朝自有本朝之詩，而今取其似唐而非者、為本朝之詩。人盡蔽錮其心思，廢黜其耳目，而唯繆學之是師，在前人猶做漢、唐之衣冠，在今人遂奉李、王為宗祖，承譌踵偽，莫知底止。僕嘗論之，南宋以後之俗學如塵羹塗飯，稍知滋味者，皆唾而棄之，弘（治）、正（德）以後之繆學，如偽玉，贗鼎，非博古識真者，未有不襲而寶之者也。（同上）

至於第三點指責摹擬、剽竊，對李夢陽尤為痛切，詈罵之言，俯拾皆是。例如《列朝詩集》丙集〈李副使夢陽〉小傳云：「牽率摹擬，剽賊於聲、句、字之間，如嬰兒之學語，如桐子（即僮子）之洛誦（反覆背誦），字則字，句則句，篇則篇，毫不能吐其心之所有。」（世界）

又在〈鄭孔肩文集序〉云：

近代之偽為古文者，其病有三，曰僦，曰剽，曰奴。……百餘年來，學者之於偽學，童而習之，以為固然。彼且為僦、為剽、為奴，我又從而僦之、剽之、奴之，沿譌踵繆，日新月異，不復知其為僦、為剽、為奴之所自來，而況有進于此者乎。（《初學集》，卷三十二）

如此痛恨摹擬、剽竊。

再說錢謙益理想中的真正詩文，到底是什麼？就文言，本質上主張「以氣為主」，措辭則主張「文從字順」，亦即唐、宋派一般通說的達意主義。（最早講氣是孟子，以後有曹丕文章以氣為主——《典論、論文》，及韓愈的氣盛則言之短長、聲之高下者皆宜。）

詩和文一樣，較之外形上的修辭，更以內容立意為主，排斥摹擬，取創造。他提出「香觀說」，在〈香觀說書徐元歎詩〉後，大要說：

觀詩之法，用目觀不若用鼻觀，……詩也者，……天地間之香氣也，……觀詩以目，青、黃、赤、白，煙雲塵霧之色，雜陳於吾前，目之用有時而窮，而其香與否，目固不得而齅之也。吾廢目而用鼻，不以視而以齅，詩之品第，略與香等，……而聲、色、香、味四者，鼻根中可以兼舉，此觀詩方便法也。（《有學集》卷四十八）

眼睛看的是「色」，僅止於修辭；鼻子嗅的是香，除可了悟韻致外，又可兼悉「味」、「聲」、「色」——即興趣、聲律、修辭，亦即寧可不為詩的修辭美所眩惑，而鑑賞詩的韻致，又對擬古修辭派，與以當頭一棒。亦對鍾、譚竟陵派（深幽孤峭），過度忽視修辭，和逸脫現成定法的偏癖，到底未能領首稱是。不過以嗅觀取代眼觀等鑑賞詩的韻致，恐不夠周延。

馮班（1614-1671）宗晚唐

馮班，字定遠，號鈍吟居士。是錢謙益同鄉，又是錢之門人。康熙十年卒，年六十八。著有《談龍錄》、《鈍吟詩文稿》、《鈍吟雜錄》等。在《談龍錄》中，馮班以神龍喻詩，要能屈伸變化，偶而出現一鱗一爪，但首尾完好。馮班詩論和錢謙益最大的不同是，宗法晚唐而鄙薄宋人。相同處是反對明代前後七子擬古風氣。歸納其詩論，包括：

1. 古詩皆樂，大略歌行出於樂府。曰行者，猶仍樂府之名。歌行知名，本之樂章。樂府之名，始於漢惠。至武帝立樂府之官，以李延年為協律都尉，採詩夜誦。大略詩歌分界，疑在漢魏之間，伶倫所奏，謂之樂府，文人所製，不妨有不合樂之詩。（見《鈍吟雜錄》〈古今樂府論〉、〈論樂府與錢頤仲〉、《清詩話》本，藝文）

2. 詩學六朝，晚唐李商隱、杜牧，和溫庭筠，與其師錢謙益倡宋、元不同。

3. 抨擊擬古、竟陵，與其師相同。馮班更以為詩擬盛唐，不讀唐以後書，詩道由是大壞。

4. 反駁擬古派盛唐說之大本源——嚴羽《滄浪詩話》。

5. 創「齊梁體」，為古詩與律詩之過渡型。

所謂齊梁體，是依沈約等的八病說調整聲律的詩：古詩是，根據齊梁體以前未調整聲律的詩體，更進一步加以調整，遂有律詩的創立，律詩始於沈佺期、宋之問，古詩從漢以來，至唐代陳子昂新的風貌。唐代這三種詩體同時並行，而齊梁體詩被稱為「齊梁格詩」。「齊梁格詩」，即齊梁體詩，「格」乃指式樣言，只要聲律整齊，必具有一定格式，自然有別於古詩，然而齊梁格詩的說法，是馮班的創見，就是當時詩壇大宗，王士禎也無所知。因此趙執信曾在《談龍錄》中，略舉馮班之說，加以譏嘲，他說：「頃見阮翁雜著，呼律詩為詩格，是猶歐陽公以八分為隸也。」（頁二）。不過，馮班詩取法晚唐，謙益卻能博取唐、宋、元諸家之長，此馮班所不及的。

這實在是個再恰當不過的比喻，「八分」是隸書到楷書的過渡書體，「格詩」是位介於古詩和律詩之間。

絕句起源說：

明代徐師曾《文體明辯》說：「絕」即截，為律詩之一種，即截律詩而成，一般均將絕句，當為起於律詩的半截形式，王昌會《詩話類編》卷二〈論絕句〉有：「絕句者，截句也。後兩句對，是截律詩前四句，前兩句對，是截律詩後四句，四句皆對，是截律詩中四句，皆不對者，是絕律詩之首尾。（廣文）。王夫之《薑齋詩話》云：絕句者，截取律詩一半，或絕前四句，或截前尾各二句，或截中兩聯審爾，斷頭刖足，為形人而已。（《清詩話》，藝文）

他對此曾加以明白解釋說：

> 詩家常言，有聯有絕，二句一聯，四句一絕。宋（六朝）孝武言，「吳邁遠聯絕之外無所解」，是也。四句之詩，故謂之絕句。宋人不解，乃云是絕律詩首尾，如此議論，非一事也。《玉

臺新詠》有古絕句，古詩也。唐人絕句有聲病者；是二韻律詩也。元、白，牧之，韓昌黎《集》可證。（吳喬《圍爐詩話》卷一引馮定遠說，木鐸）

由上面敘述，可知絕句有二種來源，一自古詩，古絕句；一自律詩之截取。這種說法比王力先生在《漢語詩律學》（香港中華書局）提到絕句的起源要早的多。至於唐人將絕句律詩，《文體明辯》雖亦曾注意到，並指摘說：「唐人絕句皆稱律詩，觀唐李漢之《韓愈集》，絕句皆入律詩者可見。」然而，馮班卻更進一步依據白居易、杜牧倆人集子的宋本編次，加以確證。

絕句起源說，是詩學上重要新說。

吳喬（1611-1695）宗晚唐

吳喬，（殳，1611-1695，據張撝之等主編《中國歷代人名大辭典》，頁一〇二九，上海古籍）字修齡，江蘇太倉人，入贅崑山，以布衣終老。是馮班至友，有《圍爐詩話》六卷。據其友人閻若璩的《潛邱劄記》，說他曾自誇，賀黃公（裳）的《載酒園詩話》，馮定遠的《鈍吟雜錄》，和他自己的《圍爐詩話》，應稱為談詩三絕。其詩論：

他和馮班唱和，以晚唐詩和擬古派的盛唐說對抗，成為錢謙益反擬古陣容的另一生力軍。他最崇尚詩的寓意，其著《西崑發微》的主要意義亦就在此。此尊重寓意的根源，得自《詩經》六義（風、雅、頌、賦、比、興）的比興。其《西崑發微》自序中，曾有所敘述，《圍爐詩話》中，亦往往拿比興的原理論詩，所以說：

大抵文章，實做則有盡，虛做則無窮。《雅》、《頌》多賦，是實做；《風》、《騷》多比興，是虛作。唐詩多宗《風》《騷》，所以靈妙。（卷一，郭紹虞《清詩話續編》，木鐸）

接著又說：

詩之比、興，非細故也。比、興是虛句，活句；賦是實句。有比興則實句變為活句，無比興，則實句變為死句。（卷一，木鐸本）

又說：

明人不知比興而說唐詩，開口便錯。（卷一）

有比興的，實句變活句，沒有寓意的，當作死句，也就是說，以寓意的有無，決定句的死活。

其所以如此重比興，輕賦，原因蓋本自尊唐詩，賤宋詩的觀念，以「比興」表示唐詩蘊蓄婉轉的作風，以賦表示宋詩淺露直率的作風，這不外是借《詩經》的修辭論，給其尊唐賤宋之說，按上理由而已。他也非難朱子廢〈詩序〉，有損比興的意義，漫罵道：

> 宋人不知比興，小則為害於唐體，大則為害於《三百》。（卷一）

宋詩率直，失比興，不如唐詩、《詩經》。但以比、興為貴的說法，非但擬古派鼻祖李夢陽，早已開其端，且還據以攻擊宋詩的賦化說。比、興說，是用以排斥宋詩最恰當不過的理論。他主張詩中須「有意」、「有人」，必抨擊擬古派之「有詞無意」，「詩中無人」。在《圍爐詩話》云：

> 有詞無意之詩，二百年來，習以成風，全不覺悟。無意則賦尚不成，何況比興？……唐詩有意，而託比、興以雜出之，其詞婉而微，如人而衣冠。宋詩亦有意，惟賦而少比、興，其詞徑以直，如人而赤體。明之瞎盛唐（擬古詩派），字面煥然，無意無法，直是木偶被文繡耳。此病二高萌之，弘、嘉（孝宗弘治一四八八——，世宗嘉靖——一五二二——）大盛，識者祇斥其措詞之不倫，而不言其無意之為病，是以弘、嘉習氣，至今流注人心，隱伏不覺。……人之惟求好句，而不求詩意之所在者，即弘、嘉習氣也。（卷一，木鐸本）

「人之惟求好句」，「不求詩意之所在」，與錢謙益「有詩無詩」說一樣，立論均在指責擬古派內容空虛，文繡字句而已。

除此，吳喬主張詩中須「有人」，其《詩話》云：

問曰：「詩中須有人，乃得成詩。……」……答曰：「……人之境遇有窮通，而心之哀樂生焉。……詩而有境、有情，則自有人在其中，……故讀淵明、康樂、太白、子美《集》，皆可想見其心術行已，境遇學問。……惟弘、嘉詩派，濃紅重綠，陳言剿句，萬篇一篇，萬人一人，了不知作者為何等人，謂之詩家異物，非過也。」（卷一）

除了主張詩中有人、有我在之外，其次，倡「變復」說，以指擬古派弊病。其《詩話》云：

詩道不出乎復變，變，謂變古，復，謂復古，變乃能復，復乃能變，非二道也。漢、魏詩甚高，變《三百篇》之四言為五言，而能復其淳正。盛唐詩亦甚高，變漢、魏之古體為唐體，而能復其高雅；變六朝之綺麗為渾成，而能復其挺秀，藝至此尚矣。晉、宋至陳、隋，大曆至唐末，變多於復，不免於流，而猶不違於復，故多名篇。此後難言之矣！宋人惟變不復，唐人之詩意盡亡，明人惟復不變，遂為叔敖之優孟。（卷一）

〔注：孫叔敖卒，其子甚窮，優孟（楚人，多智辨）著叔敖衣冠，抵掌談話，歲餘，像孫叔敖，楚王及左右不能別。見楚莊王作歌動之，遂召叔敖子，封之。〕

此說本於錢謙益。《圍爐詩話》卷二，引馮班云：

錢牧翁教人作詩，惟要識變。余得此論，自是讀古人詩，更無所疑，讀破萬卷，則知變矣。

錢謙益之所以提出變，用意亦為要警戒，專以擬古為事，不知「變」的明人弊病，吳喬更因為指責宋人變唐，而不同於唐，故另加了「復古」一條，構成「變復」之說。總之，當為詩學的妙諦，「變復」說是足可以表彰的篤論。變即革命，亦即破壞，復即復興，亦即建設。錢謙益因志在急於改革明詩，故提倡「變」；馮班則因為要建設，故而徐徐地回顧於古。吳喬像是為馮班的這種態度所感服，故遂將之解釋作「復」，並用以攻擊宋詩。但，此「變復」說的創始人是馮班，吳喬只不過其代言人而已。

三、鄭燮（板橋，1693-1765）詩主性情

鄭板橋，揚州興化人。是「康熙秀才、雍正舉人、乾隆進士」。五十歲為范縣令，五十四歲為濰縣令。因「開倉賑貸」，救濟百姓，得罪鄉紳大賈。六十一歲罷官。客揚州，以詩書畫為友，為「揚州八怪」之一。有《鄭板橋全集》。其文學主張不多，散見于《尺牘》。其詩論包括：

1.他把詩文，分為大乘法、小乘法，所謂：

> 文章有大乘法、有小乘法。大乘法易而有功，小乘法勞而無謂。五《經》、《左》、《史》、《莊》、《騷》、賈、董、匡、劉、諸葛武卿侯、韓、柳、歐、曾之文；曹操、陶潛、李、杜之詩，所謂大乘法也。理明詞暢，以達天地萬物之情，國家得失興廢之故。讀書深、養氣足，恢恢遊刃有餘地矣。六朝靡麗，徐、庾、江、鮑、任、沈，小乘法也。取青配紫，用七諧三（三七言格詩：詩格（式，體製）之一，始三言，終七言。如李白〈將進酒〉：五花馬、千金裘，呼兒將出換美酒，與爾同銷萬古愁。），一字不合，一句不酬，撚斷黃鬚，繙空二酉，究何與於聖賢天地之心，萬物生民之命？凡所謂錦繡才子者，皆天下之廢物也，而況未必錦繡者乎！此真所謂勞而無謂者矣。（《鄭板橋全集、補遺》，〈與江賓谷、江禹九書〉頁二〇二，臺灣時代書局）

他認為大乘法文章是「理明詞暢，以達天地萬物之情，國家得失興廢之故」，這類文章「讀書深，養氣足」，故「恢恢游刃有餘地。」如《五經》、《左》、《史》等。而小乘法文章「取青配紫，用七諧三，一字不合，一字不酬，撚斷黃鬚，繙空二酉。」這類文章，無補於「聖賢天地之心」，無濟於「萬物生民之命」，如六朝靡麗，徐、庾等作品。板橋罵為「天下之廢物也」。由此看來，他雖把文章分為兩類，其實他揚大乘法、而抑小乘法文章。

由此，他亦批評王漁洋神韻派，在〈濰縣署中與舍弟墨第五書〉云：

至若敷陳帝王之業，歌詠百姓之勤苦，剖析聖賢之精義，描摹英傑之風猷，豈一言兩語所能了事？豈言外有言，味外取味者，所能秉筆而快書乎？吾知其必目昏心亂，顛倒拖沓，無所措其手足也！（《鄭板橋全集、家書》，頁四〇二）

他評「文章不可說破，不宜道盡」，「言外有言，味外取味」，指責當時王漁洋神韻一派人物為「娖娖纖小之夫」，無補聖賢天地之心。

2. 詩文貴出己意，不攀緣前人，他在〈板橋自敘〉說：

板橋詩文，自出己意，理必歸於聖賢，文必切於日用。或有自云高古而幾唐、宋者，板橋則呵惡之，曰：「吾文若傳，便是清詩清文；若不傳，將並不能為清詩清文也。何必侈言前古哉？」（《鄭板橋全集・補遺》，頁一八七）

他說的詩文出於己意，並且認為詩文的傳與不傳，在於是否代表當代作品，不在摹古。這種文學理論，與袁枚同受公安派文學理論影響。

板橋又說：

> 詩則寫性情，不拘一格，有何古人，何況今人！（《全集・補遺，隨獵詩草、花間堂詩草跋》，頁一八三）

可見板橋認為詩是在寫性情，不拘一格。

3. 詩文，主要在寫實，寫國家、社會、百姓。尤其憂國憂民，心繫百姓，一種忽悲喜，感情自然流露的創作才是好作品，他在〈范縣署中寄舍弟墨第五書〉說：

> 作詩非難，命題為難。題高則詩高，題矮則詩矮，不可不慎也。少陵詩高絕千古，自不必言，即其命題，已早據百尺樓上矣。通體不能悉舉，且就一二言之：〈哀江頭〉、〈哀王孫〉，傷亡國也；〈新婚別〉、〈無家別〉、〈垂老別〉、〈前、後出塞〉諸篇，悲戍役也；〈兵車行〉、〈麗人行〉，亂之始也；〈達行在行〉三首，慶中興也；〈北征〉、〈洗兵馬〉、喜復國望太平也。只一開卷，閱其題次，一種憂國憂民、忽悲忽喜之情，以及宗

廟丘墟，關山勞戍之苦，宛然在目。其題如此，其詩有不痛心入骨者乎！至於往來贈答，杯酒淋漓，皆一時豪傑，有本有用之人，故其詩信當時，傳後世，而必不可廢。放翁詩則又不然，詩最多，題最少，不過〈山居〉、〈村居〉、〈春日〉、〈秋日〉、〈即事〉，〈遣興〉而已，豈放翁與少陵有二道哉？蓋安、史之變，天下土崩，郭子儀、李光弼、陳元（玄）禮、王思禮之流，精忠勇略，冠絕一時，卒復唐之社稷。在〈八哀詩〉中，既略敘其人；而〈洗兵馬〉一篇，又復總其全數而贊歎之，少陵非苟作也。南宋時，君父幽囚，棲身杭、越，其辱與危亦至矣。講理學者，推極于毫釐分寸，而卒無救時濟變之才；在朝諸大臣，皆流連詩酒，沉溺湖山，不顧國之大計。是尚得為有人乎！是尚可辱吾詩歌而勞吾贈答乎！直以〈山居〉、〈村居〉、〈夏日〉、〈秋日〉，了卻詩債而已。且國將亡，必多忌，躬行桀紂，必曰駕堯舜、而軼湯武。宋自紹興以來，主和議、增歲幣、送尊號、處卑朝、括民膏、戮大將，無惡不作，無陋不為。百姓莫敢言喘，放翁惡得形諸篇翰以自取戾乎！故杜詩之有人，誠有人也；陸詩之無人，誠無人也。（《鄭板橋全集．家書》，頁三七六）

這裏固然強調「詩題」的重要；有詩題，而後有內容，實際上，板橋講到杜甫與陸游的詩題，都以當的現實社會為背景。杜甫時「安史之變，天下土崩，郭子儀、李方弼、陳元（玄）禮、王思禮之流，精忠勇略，冠絕一時，卒復唐之社稷。」所以杜甫詩題，自然有一種憂國憂民，忽悲忽喜之情，以及宗廟廢墟，關山勞戍之苦，宛然在目的感覺。相反的，陸游生南宋，「君父幽囚，棲身杭、越，其辱與危亦至矣。講理學者，推極于毫釐分寸，而卒無救時濟變之才；在朝諸大臣，皆流連詩酒，沉溺湖山，不顧國之大計」，所以陸游的詩，「了卻詩債」而已。其實陸游四十六歲起，從戎巴蜀，生活閱歷多，題材富，詩歌宏肆，有《劍南詩稿》。晚年，回越州山陰，嘲詠風月，寄情田園，詩歸平淡。蓋「十年間，兩坐斥，罪非一端。」其名詩如〈書憤〉、〈示兒〉等，書寫壯志未酬，國土未復的悲憤，（可參王建生著《簡明中國詩歌史》，頁二〇六起，文津），令人感動，非如板橋所言「了卻詩債」而已！

四、袁枚（1716-1797）性靈說　附蔣士銓（1725-1785）、趙翼（1727-1814）

袁枚字子才，浙江錢塘人。

袁枚性靈思想，雖前承明之公安、宋之嚴羽《滄浪詩話》、楊萬里，甚至可推至梁鍾嶸《詩品》，而其「性靈」意思，歸納《隨園詩話》、《小倉山房文集》等資料，可得：

1. 性靈說「性」的含義（我的、真的感情）

在《隨園詩話》，袁枚說：

最愛周櫟園之論詩曰：詩以言我之性情也，故我欲為則為之，我不欲為，則不為；原未常有人勉強之，督責之，而使之必為詩也。（卷三，《隨園三十六種》，下引同）

又說：

千古善言詩者，莫如虞、舜教夔典樂，曰：「詩言志」，言詩之必本乎性情也。曰：「歌永言」，言歌之不離本旨也。曰：「聲依永」，言韻之貴悠長也。曰：「律和聲」，言音之貴均調也。知是四者，於詩之道盡之矣。（卷三）

由此可知，詩必本乎性情。他又以杜甫為例，云：

人必先有芬芳悱惻之懷，而後有沈鬱頓挫之作，人但知杜少陵每飯不忘君，而不知其于朋友弟妹夫妻兒女間，何在不一往情深耶？……後人無杜之性情，學杜之風格，抑末也。（卷十四）

所以，袁枚又說：

詩者，人之性情也，近取諸身而足矣。其言動心，其色奪目，其味適口，其音悅耳，便是佳詩。（《隨園詩話・補遺》，卷一）

在〈童二樹詩序〉，又說：

詩，性情也；性情得，而形骸可忘。（《小倉山房續文集》，卷二十八）

〈答何水部〉的信，說：

若夫詩者，心之聲也，性情所流露者也；從性情而得者，如出水芙蓉，天然可愛。（《小倉山房尺牘》，卷七）

由於可知，袁枚以為「詩」，即「性情」之流露，而此所謂性情，據個人考察，乃是包括「我的」「真的」感情而言。所謂我的，當是在詩文中，有個我在，獨抒自己胸臆；所謂真的，是指真感情，真性情，不是虛偽的，造作的。所以，袁枚，在《詩集、續詩品》「著我」中說：

不學古人，法無一可。竟似古人，何處著我！字字古有，言言古無。吐故吸新，其庶幾乎！孟學孔子，孔學周公，三人文章，頗不相同。（《小倉山房詩集》，卷二十）

又，在《隨園詩話》說：

為人不可以有我！有我則自恃佷用之病多。孔子所以無固、無我也。作詩不可以無我，無我則剿襲敷衍之弊大，韓昌黎所以惟古於詞必己出也。北魏、祖瑩云：「文章當自出機杼，成一家風骨。」（卷七）

又：

人閒居時，不可一刻無古人，落筆時，不可一刻有古人。平居有古人，而學力方深；落筆無古人，而精神始出。（卷十）

此即〈答沈大宗伯論詩書〉所云：

學者宗詩，自有淵源；至于性情遭際，人人有我在焉，不可貌古人而襲之，畏古人而拘之也。（《小倉山房文集》，卷十七）

由此看來，袁枚的「性情」，必定含有「我的」性情，所謂「自出機杼」、「落筆無古人」、「有我在」的意思。換句話說，用我自己性情所寫出來的，才可以算是真正的詩文，不然依門傍戶，寄人籬下，那裏算作自己詩文呢？

除此，詩文中須含「真的」感情；一個失去真實感情的人，或者喪失自己作品的真實性，是不容易引起讀者的共鳴；在《隨園詩話》有：

余嘗謂詩人者，不失其赤子之心者也。（卷三）

他又引王陽明、顧炎武（寧人）的說法：

王陽明先生云：「人之詩先取真意，譬如童子垂髫肅揖，自有佳致；若帶假面傴僂而裝鬚髯，便令人生憎。」顧寧人與某書云：「足下詩文非不佳，奈下筆時胸中總有一杜一韓，放不過去，此詩文所以不至也。」（卷三）

所以說：

人悅西施，不悅西施之影。明七子之學唐，是西施之影也。（卷五）

因為赤子之心、西施是真，「西施之影」是虛幻的東西，「真」東西人家喜歡，虛假、虛幻的人家就不喜歡了。在〈答蕺園論詩書〉說：

以千金之珠易魚之一目，而魚不樂者，何也？目雖賤而真，珠雖貴而偽故也。（《小倉山房文集》，卷三十）

由此看來，袁枚所認定的詩文，是由自己真感情流露的，這種作品才能感動人，才能流傳千古。凡不是自己真情感流露的，一概屏除，所以，他在趙雲松《甌北集、序》引用周櫟園的話，說的很清楚。

吾非不能為何、李格調以悅世也，但多一分格調者，必損一分性情，故不為也。（《小倉山續文集》卷二十八）

2. 性靈說「靈」的含義

「靈」字又是什麼意思呢？他引：

嚴冬友曰：「凡詩文妙處，全在於空，譬如一室內，人之所遊焉、息焉者，皆空處也。若窒而塞之，雖金玉滿堂，而無安放此身處，又安見富貴之樂耶？鐘不空則啞矣，耳不空則聾矣。范景文《對床錄》云：「李義山〈人日詩〉，填砌太多，嚼蠟無味。若其他〈懷古〉諸作，排空融化，自出精神。——可以為戒，——可以為法。」（《隨園詩話》卷十三）

空，指空處，有迴旋的空間，有如國畫的留白，始見空靈之美。又說：

> 孔子曰：「剛毅木訥近仁」。余謂人可以木，詩不可以木也。人學杜詩，不學其剛毅，而專學其木，則成不可雕之朽木矣。潘稼堂（耒，次耕，1646-1708）詩，不如黃唐堂（之雋，1668-1748）以一木而一靈也。（《隨園詩話》，卷十五）

表示詩不可以木，需要靈動。又說：

在〈錢璵沙先生詩序〉說：

> 今人浮慕詩名而強為之，既離性情，又乏靈機，轉不若野氓之擊轅相杵，猶應《風》《雅》焉！（《小倉山房文集》卷二十八）

即是內性的靈性與感情與感覺的綜合。

3. 性靈說的意義

對於袁枚的性靈說，解釋的人很多，我們姑且不論，看看袁枚對「性靈」說的解釋。

在《隨園詩話》：

嘯村工七絕，其七律亦多佳句。如「馬齒坐叨人第一，蛾眉飽對月初三」；「賣花市散香沿路，踏月人歸影過橋」。「春服未成翻愛冷，家書空寄不妨遲」。皆獨寫性靈，自然清絕。（卷十）

又，

戊寅二月過僧寺，見壁上小幅詩云：「花下人歸喧女兒，老妻買酒索題詩。為言昨日花纔放，又比去年多幾枝；夜裡香光如更好，曉來風雨可能支？巾車歸若先三日，飽看還從欲吐時」。詩尾但書「與內子看牡丹」，不書名姓，或笑其淺率，余曰：「一片性靈，恐是名手。」乃錄稿。（卷十二）

又，

漢軍劉觀察廷璣，號葛莊，康熙間詩人；或嫌其詩過輕俏，然一片性靈，不可磨滅。〈漁家〉云：「一家一個打漁舟，結得姻盟水上浮；有女十三郎十五，朝朝相見只低頭。」〈偶成〉云：「閒花只好閒中看，一折歸來便不鮮。」（卷十四）

又，

寶山徐水鄉名崧，……〈海上秋興〉云：「魚鱗千戶縣初成，高築回塘似帶橫。天任孤城淪碧海，帝爭尺土與蒼生。扶桑日射帆牆出，碣石雲開島嶼明。極目滔滔煙水闊，秋風無浪總堪驚。」〈弔韓蘄王〉云：「宋家猶有西湖在，且自騎驢遣暮年。」〈此夕〉云：「明知惜至須完璞，無那看花想折枝。」皆有性靈。（《隨園詩話・補遺》卷一）

又，

偶理舊書，得尹似村斷句云：「有明燈常緩，多餐睡偶遲；愁添雙鬢雪，怕憶少年時。」蓋是似村在京師寄詩囑批，余就其五律一首，摘而存之者也。又摘其〈贖出典裘〉斷句云：「老妻見故衣，開箱色先喜；姬人持熱升，殷勤熨袖底；無奈縐痕深，熨之不肯起。」獨寫性靈，清妙乃爾。（《隨園詩話・補遺》卷四）

又，

余與香巖遊天台，小別湖樓，已一月矣。歸來，几上推滿客中來信，花事都殘。香巖有句云：「案前堆滿新來札，牆角開殘去後花。」〈又別西湖〉云：「看來直似難忘友，想去還多未了詩。」一片性靈，筆能曲達。（《隨園詩話・補遺》卷五）

又，

句曲女史孔靜亭，退菴太僕之幼女，王孔翔公子之室也。敷腴窈窕，有大家風。辛亥春，隨其姑潘夫人來園看花，家人交口譽之。性尤愛靜。工詩。記其〈寄外〉云：「一別看看數月期，孤燈獨坐淚如絲。多情最是天邊月，兩地離愁總得知！」「欲寫相思寄錦箋，徘徊無語倚窗前，勸君莫失芙蓉約，辜負香衾獨自眠。」皆性靈獨出。（《隨園詩話・補遺》卷七）

又，

檀樽主人又有〈遊香界寺〉詩云：「暮天微雨歇，松子落深巖。石磴千峰逼，危橋夕照銜。秋聲驚客夢，涼意上吟衫。空際妙香發，天花自不凡。」〈黑蝶〉云：「譜翻別派寫滕王，蟬翼輕翻墮馬妝；栩栩漆園纔入夢，果然身到黑甜鄉。」佳句如〈秋柳〉云：「夕照村墟殘萬縷，東風樓閣憶三眠。」〈寄人〉云：「燕臺十月清霜冷，江上三春細雨多。」俱能獨寫性靈，迥非凡響。（《隨園詩話・補遺》卷九）

以上皆是袁枚自認為性靈詩例，在於獨寫性靈，清新自然。

4.論作詩作文的原理

a.原理部分

(1)先摹仿後創造

《隨園詩話》卷二云：

> 後之人未有不學古人而能為詩者也；然而善學者，得魚忘筌，不善學者，刻舟求劍。

善學者，得其精神，忘其形式。不善學者，刻舟求劍，只求形式。所以說，光是摹仿，並不等於創造。有的人由於崇古觀念過重，所以只顧摹仿，就不能產生新的東西了，《隨園詩話》卷三云：

> 宋人好附會名重之人，稱韓文杜詩，無一字沒來歷。不知此二人之所以獨絕千古者，轉妙在沒來歷。元微之稱少陵云：「憐渠直道當時事，不著心源傍古人。」昌黎云：「惟古於詞必己出；降而不能乃剽賊。」

元稹稱杜詩：「不著心源傍古人」，韓愈所謂：「詞必已出」，正是詩文獨絕千古的道理。

(2)有見地（尚識）

在〈錢竹初詩序〉裡，他說：

作史三長：才、學、識而已；詩則三者宜兼。（《小倉山房續文集》卷二十八）

在《續詩品》，有「尚識」條，云：

學如弓弩，才如箭鏃。識以領之，方能中鵠。善學邯鄲，莫失故步；善求仙方，不為藥誤。我有神燈，獨照獨知。不取亦取，雖師勿師。（《小倉山房續文集》，卷二十）

表明見識的重要。

(3)崇意（以意為主）

《續詩品》，「崇意」條云：

意似主人，辭如奴婢。主弱奴強，呼之不至。穿貫無絕，散錢委地。開千枝花，一本所繫。（《小倉山房詩集》，卷二十）

「意」是文章詩篇的主旨，有了主旨，才能綱領全詩，充實內容。可見「意」的重要。

b. 作詩作文的方法

(1)從平日涵養說

〈與尹相國論書〉云：

> 大凡有功德者，有大福澤者，有文學者，其平生雖未學書，而落筆必超；若無此數者，雖摹仿古人，不過如剪綵之花，繪畫之美，謂之字匠可也，謂之名家不可也。（《小倉山房尺牘》，卷二）

所謂落筆必超，乃平日涵養所得。否則，只在摹仿，不過「字匠」而已！

又，作詩須天分，他說：

> 詩文之道，全關天分，聰穎之人，一指便悟。（《隨園詩話》卷十四）

又：

> 詩文自須學力，然用筆構思全憑天分，往往古今人持論不謀而合。（《隨園詩話》，卷十五）

又，〈何南園詩序〉云：

詩不成於人，而成於其人之天。其人之天有詩，脫口能吟；其人之天無詩，雖吟而不如其無吟。（《小倉山房續文集》卷二十八）

又，〈蔣心餘藏園詩序〉

作詩如作史也，才、學、識三者宜兼，而才為尤。（《小倉山房續文集》卷二十八）

袁枚的所謂「天分」或「才」最重要。此外，還要有「心虛」，他認為天分愈高，則心愈虛。

劉霞裳與余論詩曰：天分高之人，其心必虛，肯受人譏彈。（《隨園詩話》卷九）

又說：

凡多說書為詩家最要事，所以必須胸有萬卷者，欲其助我神氣。（《隨園詩話・補遺》卷一）

又：

詩如射也，一題到手，如射之有鵠，能者一箭中，不能者千百箭不能中。能之精者，正中其心，次者，中其心之半。再其次者，與鵠相離不遠；其下焉者，則旁穿雜入，而無可捉

摸焉。其中不中，不離天分學力四字。孟子曰：其至爾力，其中非爾力。至是學力，中是天分。（《隨園詩話・補遺》卷六）

以射箭喻詩，能到是力量夠；能中目標，須要天分或靈感，十分恰當。

(2) 構思

作詩作文，一定要想了又想，這樣才有超人的見地，《續詩品》「精思」條：

孔明天才，思十反矣。惟思之精，屈曲超邁。人居屋中，我來天外。（《小倉山房詩集》，卷二十）

用兵要多算，多算勝少算；作詩要多思，思路清楚、下筆精當，才能寫出好詩。

5. 論詩文欣賞的標準

a. 篇幅的長短

文學作品是獨抒性靈的，有的人作詩文如長江大水，滔滔不絕，有的作家惜墨如金，但卻可以「寸鐵殺人」。

作品是否能感動讀者，絕不是篇幅長短來計量。所以他說：

人但知寥寥短章之才短，而不知喋喋千言之才更短。（《隨園詩話》卷七）

又，：

有梁溪少年作懷古詩，動輒二百韻，予笑曰：「子獨不見唐人〈詠葵詩〉乎？」其人請誦之。曰：「能共牡丹爭幾許，被人嫌處只緣多」。（《隨園詩話》卷五）

喋喋不休者，往往不見才高。他又說：

老年之詩，多簡練者，皆由博返約之功。（《隨園詩話》卷五）

言老年詩，由博返約，不在於喋喋千言。

b. 作品的厚薄

以作品的「厚」「薄」論詩，也是不對的，他在《隨園詩話》云：

今人論詩，動言貴厚而賤薄，此亦耳食之言。不知宜厚宜薄，惟以妙為主。以兩物論，狐貉貴厚，鮫綃貴薄。以一物論：刀背貴厚，刀鋒貴薄。安見厚者定貴，薄者定賤耶？古人之詩：少陵似厚，太白似薄，義山似厚，飛卿似薄，俱為名家。猶之論交謂深人難交，不知淺人亦正難交。（卷四）

可見詩的好壞，在於神妙，不在於厚薄。

c. 國號的不同

以國號的稱謂來說明詩文的好壞，也是不合理的，有的就以為唐勝於宋，初盛好過中晚，抱著這種見解去論詩文，那是大錯特錯了，他說：

詩分唐、宋，至今人猶恪守。不知詩者，人之性情，唐、宋者，帝王之國號，人之性情，豈因國號而轉移哉？亦猶道者，人人共由之路。而宋儒必以道統自居，謂宋以前直至孟子，此外無一人知道者。吾誰欺？欺天乎？七子以盛唐自命，謂唐以後無詩，即宋儒習氣語。倘有好事者，學其附會，則宋、元、明三朝，亦何嘗無初盛中晚之可分乎？（《隨園詩話》卷六）

在〈答沈大宗伯論詩書〉說：

詩有工拙，而無今古，自葛天氏之歌至今日，皆有工有拙，未必古人皆工，今人皆拙。即《三百篇》中，頗有未工，不必學者，不徒漢、晉、唐、宋也。今人詩有極工極宜學者，亦不徒漢、晉、唐、宋也。（《小倉山房文集》卷十七）

又在〈答施蘭垞論詩書〉說：

唐、宋者，一代之國號耳，與詩無與也。詩者，各人之性情耳，與唐、宋無與也，若拘拘焉持唐、宋以相敵，是子之胸中有已亡之國號。而無自得之性情，於詩之本旨已失矣。（《小倉山房文集》卷十七）

詩是表現作者性靈，漢、晉、唐、宋是國號，與詩無涉。可知，國號不是決定好詩、壞詩的依據。

d.實用價值

詩文不能以有用、無用等實用價值觀念，定其好壞，他在〈答友人論文第二書〉說：

足下必以適用為貴，將使天地之大，化工之巧，其專生布帛菽粟乎？抑能使有用之布帛菽粟，貴於無用之珠玉錦繡乎？人之一身，耳目有用，鬚眉無用，足下豈能有耳目，而去鬚眉乎？是亦不達於理矣。……文之佳惡，實不係乎有用無用也，即是足下論文，如射之有志，可謂識所取舍者矣，而何以每見足下於《莊》，《屈》之荒唐，則愛之而誦之，於程、朱之《語錄》，則尊之而遠之，豈足下之行與言違哉？蓋以理論，則《語錄》為精；以文論，則《莊》、《屈》為妙。足下所愛在文，而不在理；則持論雖正，有時而嗒然自笑。若夫比事之科條，薪米之雜記，其有用更百倍於古文矣，而足下不一肄業及之者，何也！（《小倉山房文集》，卷十九）

文學是心靈的書寫，不在於日常的有用、無用。有如《莊子》、《楚辭》，雖多荒唐神話，人確愛不釋手。

e.貴要求「新」、「變」、「曲」

袁枚〈答沈大宗伯論詩書〉云：

唐人學漢、魏，變漢、魏；宋學唐變唐。其變也，非有心於變也，乃不得不變也，使不變，則不足以為唐，不足以為宋也。（同前）

《隨園詩話》卷六又云：

司空表聖論詩，貴得味外味；余謂今之作詩者，味內味尚不能得，況味外味乎？要之，以出新意、去陳言為第一。

出新意，去陳腐之言，是創作詩文首要任務。

他舉出新變的例子，如：

詩貴翻案。神仙，美稱也，而昔人曰：「丈夫生命薄，不幸作神仙。」楊花，飄蕩物也，而昔人云：「我比楊花更飄蕩，楊花只有一春忙。」長沙，遠地也，而昔人云：「昨夜與君思賈誼，長沙猶在洞庭南。」龍門，高境也，而昔人云：「好去長江千萬里，莫教辛苦上龍門。」白雲，閒物也，而昔人云：「白雲朝出天際去，若比老僧猶未閒。」……（《隨園詩話》卷二）

翻案是很好的創新方法。此外，袁枚認為作詩文，貴「曲」，曲折變化，不貴直。與做人道理不同。所謂：

凡作人貴直，而作詩文貴曲。孔子曰：「情欲信，詞欲巧。」孟子曰：「智譬則巧，聖譬則力。」巧即曲之謂也，崔念陵詩云：「有磨皆好事，無曲不文星。」洵知言哉！（《隨園詩話》卷四）

以天上「文曲星」比喻，十分允當。他又說：

看山如論文，所貴在逋峭。（《小倉山房詩集》卷三十〈到韶州換小舟遊丹霞至錦石巖〉）

可見詩文以曲折表現為好。

f. 用典問題

以前的人，對用典包括兩項，一是用事（事類），一是用詞。用典問題，一直是作詩作文的一個重要問題，不但存在於袁枚時代，以前的詩人，用典的目的，使詩文的表達較委婉；後來的人，往往借著典故，誇耀自己文才。袁枚對「用典」問題，有相當的卓識，他認為：

古人用典，惟恐人知；今人用典，惟恐人不知。（〈與楊蘭坡明府尺牘〉卷五）

換言之，當時人，好用典故，在於「矜博」。袁枚又說：

夸用典故，文章遂同抄書。（同上，《小倉山房尺牘》卷五）

用典如同抄書，了無趣味。其實，用典：

用事如用兵，愈多愈難。（《隨園詩話》卷五）

夸用典故，一方面如同抄書，一方面感覺吃力、困難。袁枚又說，

用一僻典，如請生客。（《小倉山房詩集》卷二十，《續詩品、矜嚴》條）

最好是：

用典無填砌痕。（《隨園詩話》卷六）

或

用典如水中著鹽，但知鹽味，不見鹽質。（《隨園詩話》卷七）

可見用典要「無填砌痕」，「如水中著鹽」，與詩文作品相融。胡適在〈文學改良芻議〉（《胡適文存》，第一集卷一，遠東）曾提到文學改良，須從八事入手：

一曰，須言之有物

二曰，不摹倣古人

三曰，須講求文法
四曰，不作無病之呻吟
五曰，務去爛調套語
六曰，不用典
七曰，不講對仗
八曰，不避俗字俗語

他所謂用典，有廣義之典與狹義之典的區別。廣義之典，如（甲）古人所設譬喻（「以子之矛，攻子之盾」，「洪水猛獸」，「退避三舍」……），（乙）成語（舍本逐末），（丙）引史事……，（丁）引古人作比，（戊）引古人之語。狹義之典，全以典代言，自己不能直言之，故用典以言之。

用典之弊，在使人失其所欲譬喻之原意。若反客為主，使讀者迷於使事用典之繁，而轉忘其所為設譬之事物，則為拙矣。

用典之拙者。大抵皆懶惰之人，不知造詞，故以此為躲懶藏拙之計。包括下列情形：

此例泛而不切

僻典使人不解

刻削古典成語，不合文法（剪裁）

用典失其原意（融合）

古事之實有所指，不可移用者，今往往亂用作普通事實。

g.對性靈說的批評：

前人如章學誠等，由於袁枚提倡「女子教育」，違反當時禮教，時人往往作人身攻擊。章學誠的《文史通義》，如〈婦學〉、〈婦學篇書後〉，〈詩話〉等，都是當時禮教社會思想的產物，對於文學批評，沒有可取之處。（或許由羨生妒，由妒轉恨）。

翁方綱以袁枚為末流，以俚鄙以為正（見《石洲詩話》，卷四，廣文）

劉聲木《萇楚齋隨筆》云：

> 《隨園詩話》論詩之語，頗多妙諦；作詩之法，亦甚詳備，固宜膾炙人口，流傳極盛，惟其中雅俗並陳，瑕瑜互見，自穢其書，致為通人訾病，雖所標舉不離性靈之說，亦不致與詩教大乖，詩學本廣大，故不妨有此一說也。（卷一，文海）

錢鍾書《談藝錄》云：

隨園論詩主性靈，薄格律，亦曰：詩是性情，近取諸身足矣。初學讀《隨園詩話》者，莫不以為任心可揚，探喉而滿，將作詩看成方便事；只知隨園所謂天機湊合，忘卻隨園所謂學力成熟。粗浮淺率，自信能詩，故隨園此書無補詩心，卻添詩膽。（香港龍門書局）

平實的說，清代初期以來，有擬古主義之餘波（如神韻說），有擬古主義，有格調派，太重格律，使詩文枯桎，袁枚文學理論，則為一強心劑。亦多有創見，非常人所及也。非如錢氏所云：「無補詩心，卻添詩膽。」

試比較：「神韻」，「格調」，「性靈」三說如下：

性靈	性靈、格調為詩的二大要素	真性情為主，是創作的動力，其靈妙作用在「空靈」、「性靈」。
格調		因性情的流露所產生的「詩想」的一種「規格」、「格律」、「聲調」。
神韻	神韻為審美標準	神靈變化與重視格調創作出來的美，合韻味與風神者，稱為神韻。

性靈（我的，真的感情的流露，詩風以空靈、靈機為主）

格調 ＝ 格　律 ＋ 聲調

內容　形式　平仄法

（意）（韻律）

（右表參酌陳淑女譯青木正兒《清代文學評論史》頁一一七台灣開明，補充修正）

神韻：詩風在於性靈與格調之上的風韻。漁洋標舉沖澹，「不著一字，盡得風流」，「味外味」陷入模糊的形象而為空腔，缺乏社會關懷，有其產生背景。神韻派詩，只言山川景物，與性靈之說不同。考其文學評思想來源，出自擬古主義，重形式格律與格調相近。錢仲聯主編《清詩紀事》引張維屏《談藝錄・聽松廬詩話》云：漁洋詩一曰正宗、二曰典雅、三曰神韻，具此三長，眾論以為本朝詩壇第一推之，似當之無愧，至其病處，則蔣心餘二語切中其失。蔣論漁洋詩云：「唐賢臨晉帖，其意苦不足。」（《清詩紀事》，頁五〇二，鳳凰出版社），缺乏真意。袁枚在《隨園詩話》卷三云：阮亭主修飾，不主性情，觀其到一處必詩，詩中必用典。可見袁枚亦認為漁洋「真意不足」。

至於蔣士銓（1725-1785），字心餘，號藏園，江南鉛山縣人。其詩論主「惟直抒所見」（《忠雅堂文集・學詩記》卷二，中央研究院藏清嘉慶三年重利本）。又言「古今人各有性情」、「直達所見」、須「忠孝義烈之心」、「溫柔敦厚之旨」（《文集》卷一，序一〈鍾叔悟秀才詩序〉）。

而趙翼（1727-1814）詩論呢？他亦主張性靈。在〈論詩〉絕句有：「滿眼生機轉化鈞，天工人巧日爭新，預知五百年新意，到了千年又覺陳。」又，「李杜詩篇萬口傳，至今已覺不新鮮。江山代有才人出，各領風騷數百年。」又，「隻眼須憑自主張，紛紛藝苑漫雌黃。矮人看戲何曾見，都是隨人說短長。」（《甌北集》，卷二十八，湛貽堂）可知甌北以為詩作重「新意」、「隻眼須憑自主張」，有真情、真見解為主。趙、蔣之詩論，與袁枚近。

第四章　自創一派

一、金人瑞（聖歎 1608-1661）分解說

金聖歎是長洲（蘇州）人。清世祖去世，金聖歎與同郡諸生借哭廟之際，鳴鐘擊鼓，掀起反貪官、抗徵糧風波（史稱「哭廟案」），同年七月遭殺害。他認為：「詩非異物，只是一句真話。」又說：「詩者，人之心頭忽然之一聲耳。」（貫華堂選批《唐才子詩集》卷二，廣文，下引同）。至於他的詩學理論有：

甲、詩的「分解說」

他在詩的「分解說」，即章的分法上，獨創一說。詩的分解，始於漢、魏、晉的樂府（樂歌）。「解」是指樂曲的一章而言，本來是音樂上用語。

凡是分解的，大抵每一解皆反復歌唱同一樂曲，不分解的，即使長篇，也都以一樂曲為始終。其說原則上以四句為一解，時亦有兩句為一章。而稱半解者，就以這兩種方法，分解所有古體和今體詩（不過半解之說，只限於古體詩）；在金聖歎選批的律詩中，都只前、後解而已。他認為這是詩學上的大事，故在《杜詩解、贈李白詩》的小詩上說：「唐人詩多以四句為一解，故雖律詩，亦必作二解，若長篇，則或至數十解，夫人未有解數不識，而尚能為詩者也。」即是說，學作詩，應先搞清楚「分解」，否則硬將句子死拼活綴，並不能成體。他就以這原則，分解《古詩十九首》和杜《詩》，並加以評釋。因此認為，這非但作詩的需要，解釋詩時，也同樣需要，即是說取詩意時，就以解的起落當意義的起落，故在明示詩的段落上，有它的功用。

其「分解說」，能使詩意更為明白。其說，以四句當一解，本屬平常，但將兩句作半解，總是創見。如：金聖歎批劉禹錫〈金陵懷古詩〉：

王濬樓船下益州，金陵王氣黯然收，
千尋鐵鎖沈江底，一片降旗出石頭。前解

前解，先寫金陵古，後解，獨寫懷。王濬下益州，只加樓船二字，便覺聲勢之甚，所以寫王濬必要聲勢之甚者，正反襯金陵慘阻之甚也。……三四鐵鎖沈江底，降旗出石頭，此即詳寫黯然收三字也。看他又加千尋字，一片字，寫前日鎖江鎖得盡情，此日降晉，又降得盡情，以為一笑也。（《唐才子詩集》卷五下，廣文）

人世幾回傷往事，山形依舊枕寒流，
今逢四海為家日，故壘蕭蕭蘆荻秋。後解

看他如此轉筆，於律詩中，真為象王迴身，非驢所擬，而又隨筆插得「幾回」二字，便見此後興亡，亦不止孫皓一番，直將六朝紛紛，曾不足當其一歎也。結用無數衰颯字，如故壘，如蕭蕭，如蘆荻，如秋，寫當今四海為家，此又一大奇也。（《唐才子詩集》卷五下，廣文）

金聖歎的分解律詩，手法大致如此，先分前後解，然後就字句脈絡關係，來尋索古人的性靈，金聖歎在《杜詩解》（新文豐）中，即云，「看詩全要在筆尖頭上，追出當時神理來。」竟陵派鍾惺、譚元春等人曾有類似「作者未必然，讀者何必不然」的主張，金聖歎的「分解說」，可以說正為鍾惺等人的主張，作了實驗和說明。

至於「半解」的說法，如《古詩解》中的第二首，

青青河畔草，鬱鬱園中柳。半解

盈盈樓上女，皎皎當戶牖。

娥娥紅粉妝，纖纖出素手。二解（下略）

據他的分解，「青青」二字，重在敘景，有起興的作用，和下文「盈盈」諸語，對於美人的描寫，是可以分開的，如此，果然段落分明，對於詩的賞析，多少有些幫助，難怪金聖歎要自得的說：「夫人未有解數不識，而尚能為詩者也。」（《杜詩解》卷一〈贈李白〉小注）

金聖歎的「分解說」，很容易引起別人的誤會，以為他腰斬了唐詩，解說支離破碎。（尤侗《艮齋雜記》），事實上，他是很重視全詩的結構的，在〈示顧祖頌、孫聞、韓寶昶、魏雲尺牘〉中說，「除起承轉合，亦更無詩法也。」以起承轉合說詩，正可謂將詩看成一個完整的個體，只是為了分析它，而分成幾個段落來說明而已。《聖歎尺牘》中，向朋友解釋「分解」詞義的信件很多，試摘錄二則就可以明白，所謂「分解」，原來在本質上也是渾然一體的。

承教：律詩八句本是一首，如分解，則恐似兩首。此語乃大錯，今且如人有一口氣，若問修禪定人，則必分之曰：安那般那者，言一出息，一入息也。分之為一出息一入息者，彼正欲明此一口氣之有來處，有去處，而欲調之至於適中，不欲如牛馬之喘聲萀然也。而翁便謂一口氣被人分作兩口氣，有是理乎？（《唐才子詩集》卷二，〈答人〉）

所謂「一出息」、「一入息」來說明人的「一口氣」就是了。他又說：

前後解，雖是一樣難作，然而前解比後又難。試想一二起手，一時擎筆向空，真問何處討取，若是既已討得一二來時，早是不愁無三四也。然則前解一二三四，雖是一樣難作，而一二比三四又難也。（《唐才子詩集》卷二，〈答人〉）

又：

弟看唐律詩，其一二起時，不惟胸中早有七八，其筆下亦早自有七八，弟因悟其因有七八，故有一二也。七八如不從一二趁勢，固是神觀索然，然一二如不從七八討氣，直是無痛之呻吟也。（《唐才子詩集》卷二，〈答周計百令樹〉）

都是這層意思。

乙、其他文學主張

聖歎亦主真性情。在《聖歎尺牘》中，答〈家伯長文昌〉云：

詩非異物，只是人人心頭舌尖所萬不獲已，必欲說出之一句說話耳。（廣文，下引同）

〈答沈匡來之鼎〉云：

作詩，須說其心中之所誠然者，須說其心中之所同然者。說心中之所誠然，故能應筆滴淚；說心中之所同然，故能使讀我詩者，應聲滴淚也。（同上）

也就是作品所表現的是人類共同的真摯情感，唯有如此，才能引起讀者內心的共鳴。在〈與許青嶼之漸〉云：

詩者，人之心頭忽然之一聲耳。（同上）

此與李贄（陽明弟子）的《童心說》可以相通。此亦即主張，文學是真性情的流露。故嘗言天下才子之書有六，一《莊》、二《騷》、三馬《史》、四杜《律》、五《水滸》、六《西廂記》，因作各書評。提高《西廂》、《水滸》的文學地位。金歎曾批《西廂》論文有極微妙處，如云：

文章最妙是此一刻被靈眼覷見，便於此一刻放靈手捉住，蓋於略前一刻亦不見，略後一刻便亦不見，恰恰不知何故，卻於此一刻忽然覷見，若不捉住，便更尋不出。今《西廂記》若干文字，皆是作者於不知何一刻中，靈眼忽然覷見，便疾捉住，因而直傳至今。細思萬千年以來，知他有何限妙文，已被覷見，卻不曾捉得住，遂總付之泥牛入海，永無消息。（同上）

《西廂記》以鶯鶯為主角，聖歎認定此義，故於評語中，處處抬高鶯鶯之身份，〈書賴簡〉前云：「《西廂》如此寫雙文，真是寫盡又嬌稚、又矜貴、又多情、又靈慧千金女兒」。總之，由聖歎觀之，鶯鶯自有其完整之人格，此人格之表現，則為聰慧矜莊，凡《西廂記》寫鶯鶯有與此人格不相容者，聖歎必為之解釋；萬不得已，即加刪改，亦所不恤。

聖歎〈水滸序〉，推施耐庵與《莊》、《屈》、《史》、《杜》並列，前已言及，又云：

《水滸》所敘，敘一百八人，人有其性情，人有其氣質，人有其形狀，人有其聲口。……；施耐庵以一心所運，而一百八人各自入妙者，無他，十年格物而一朝物格，是以一筆而寫百千萬人，固不以為難也。（〈序三〉）

又：

某嘗道《水滸》勝似《史記》，人都不肯信，殊不知某卻不是亂說。其實《史記》是以文運事，《水滸》是因文生事。以文運事，是先有事生成如此如此，卻要算計出一篇文字來，確是史公高才，也畢竟是喫苦事，因文生事即不然，只是順著筆性去，削高補低都由我。（〈讀法〉）

明人《水滸》原有為二十回等諸本，七十回以前《水滸》，與七十回以後之《水滸》，其人物思想行動，矛盾衝突處，不一而足，聖歎窺破此點，認為後半為後人續貂，遂毅然以七十回為斷，其識力可見。

二、葉燮（1627-1703）文學的進化觀

葉燮，字星期，號己畦，蘇州（吳江）人。康熙進士，官寶應知縣。由於積學修德，廉慎剛直，被劾歸，居吳縣之橫山，學者稱為橫山先生。有《原詩》，《己畦詩、文集》。《原詩》分內、外篇，其說以不蹈襲前人，能自立言為主。漁洋（橫山大漁洋（1634-1711）八歲），還給他信說：

先生之詩與古文，鎔鑄古昔，自成一家，……

卓爾孤立，不隨勢轉移。（《歸愚文鈔》卷十，〈葉先生傳〉，趙氏清稿本，收在《國朝文會》）

言其詩與古文自成一家。

鄧之誠在《清詩紀事初編》（台北中華，卷三）謂葉氏在原詩中「獨持己見，發聲振聵，信豪傑之士」。葉氏針對當時文壇弊病，而提出文學主張，分為幾點：

1. 以「源流正變」為主的文學進化觀

在《原詩、內篇》葉燮認為，人類的物質生活，隨著時代的推移而日新月異；不管是飲食、音樂、居處或禮數，都是「踵事增華，以漸而進，以至于極。」上古之世，「飯土簋、啜土鉶」；後世則「羅珍搜錯」、「膗膗包膾」，無所不至。上古之人擊壤而歌，其後才制絲竹匏革，而今則極于九宮、南譜，聲律之妙。

古人穴居而巢處，嗣後才起宮室以禦風雨，今世則有「璇題瑤室，土文繡而木綈錦」，古者「儷皮為禮」，後世改用玉帛，今人則有「千純百璧之侈」。

心智方面的進展亦然。人的心智由古人始用，後人精求增益，只要「乾坤一日不息」，人的心智亦將無窮盡之時。

由人類食衣住等物質文明的進化，隨著時代的進步而進步。再以文學發展的眼光來看，唐虞三代的詩，只屬起步發端而已；此後各代的詩，自會愈邁愈進，愈近愈前，何況「古今時會不同」，一代有一代的特色與需要，詩正應以充分表達各代的特色與需要，不必一味擬古。所以他反對擬古。

就以詩教「溫柔敦厚」言，溫柔敦厚的「意」（主題或宗旨）屬體，而其「文」（形式或技巧）之為用，則依時代精神與社會環境而異。「意」一而「文」多變；因此「漢魏之辭，有漢魏之溫柔敦厚，唐宋元之辭，有唐宋元之溫柔敦厚。」（《原詩．內篇》，《清詩話》，藝文）

2. 詩文要有自己的風貌

古人寫詩，我也寫詩，古人寫的詩，有其風貌，我寫的詩，亦應有自己的風貌。在體製、聲調、氣象、格律、使事、用字各方面都期合古人，乃致替古人作詩，而失去自己風貌呢？「詩而曰作，須有我之神明在內」，而「以我之神明役字句，以我所役之字句使事」（《原詩．內篇》），否則專竊古人餘唾，「竊之而似，則優孟衣冠，竊之而不似，則畫虎不成矣」（《原詩．內篇》）。此受明代王陽明唯心主義哲學思想影響所致。尤其擬古主義，只知復古，不知變化，詩文變成死文字。

在《原詩．外篇》云：杜甫之詩，「無處不可見其憂國愛君憫時傷亂，遭顛沛而不苟，處窮約而不濫……此杜甫之面目也。」韓愈之一篇一句，「無處不可見其骨相稜嶒，俯視一切，……疾惡甚嚴，愛才若渴，此韓愈之面目也。」蘇軾之一篇一句，「無處不可見其凌空如天馬，游戲如飛仙，風流儒雅，無入不得。……嬉笑怒罵，四時之氣皆備，此蘇軾之面目也。」換言之，每一位詩人，各有面目，于詩中可見自己風貌。

3.他的《原詩》就理論言，是歷代詩話中最有系統的一部，如〈內篇〉開頭便說：

詩始於《三百篇》，而規模體具於漢。自是而魏，而六朝、三唐、歷宋、元、明以至昭代，上下三千餘年間，詩之質文、體裁、格律、聲調、辭句、遞嬗升降不同，而要之詩有源必有流，有本必達末；又有因流而溯源，循末以返本，其學無窮，其理日出，乃知詩之為道，未有一日不相續相禪而或息者也。但就一時而論，有盛必有衰，綜千古而論，則盛而必至衰，又必自衰而復盛，非在前者之必居於盛，後者之必居於衰也。乃近代論詩者，則曰：《三百篇》尚矣，五言必建安（196-）、黃初（220-），其餘諸體，必唐之初盛而後可。非是者必斥焉。如明李夢陽不讀唐以後書，李攀龍謂唐無古詩，……自若輩之論出，天下從而和之，推為詩家正宗，家絃而戶習。習之既久，乃有起而掊之，矯而反之者，誠是也。然又往往溺於偏畸之私說，其說勝，則出乎陳腐而入乎頗僻；不勝，則兩敝，而詩道遂淪而不可救。（《清詩話》本，藝文，下引同）

此以文學史流變的眼光與方法批評文學。千古以來，詩歌由盛而衰，由衰復盛，詩歌的質文、體裁、格律、聲調，隨時代推進而發展，由本到末，由末返本，互為逆向過程，未必前代為盛，後代為衰。故對詩的正變與盛衰有升有降，是正確的看法。有源有流，有本有末，以糾明七子以來擬古風氣，同時，又能於演變中看出其不變者存，以變相禪。他更提出「踵事增華」的發展原則，由簡到繁，質樸到華麗。（《原詩、內篇上》）來論詩。

4.「後法」（以法為後）

葉燮以為當代詩家，由於識辨不清，又兼才短才絀而無膽，遂動輒談「法」，不但用「法」牢籠自己，還進而用「法」束縛一切。沈約以「四聲八病，疊韻雙聲等法，約束千秋風雅」（《原詩・外篇》），嘉（靖 1522-）隆（慶 1567-）諸子則制定了體裁，聲調、氣象、格律、使事、遣字等的定則來壓倒眾口。定則當然重要，但並非凡事都如此。

作詩當然有法，但詩法絕非尖指「協韻平仄」，亦非一如「飲食之和劑，衣服之尺刀，聲音之考據」而已。

其實，天地古今，自然萬象，「發為文章，形為詩賦，其道萬千」（《原詩・內篇》），葉氏並非不重法，只是「役法」，並非「廢法」。

5. 強調「識」的重要

構成胸襟的要素，就是「才」、「識」、「膽」、「力」四者。尤重「識」字。在《原詩、外篇》引（嚴）羽曰：學詩以識為主。「識」即識見指鑑賞力、洞察力、判斷力，亦即明辨是非，決定取捨的能力。「膽」指膽量或勇氣而言。有「識」則有膽，「識明則膽張」，敢於言所欲言，反正横說竪說皆能合宜，無「識」，則「中且餒而膽愈怯，欲言而不能言，或能言而不敢言，矜持於銖兩尺矱之中，既恐不合於古人，又恐貽譏於今人。」（《原詩、內篇》），故無「識」則不能取捨，無「膽」則筆墨畏縮，「膽」能生才，「膽」既已先怯，則才將無由舒展。

葉氏以前後七子倡言「文必西漢，詩必盛唐」，只知摹擬，不求復變，主要使便是種因於無「識」，不具「變眼」，沒有「上下千古之見」；結果，他們既不能「知所抉擇，知所依歸」，又進而昡於古，惑于今，不自以為愚，而「旋愚成妄，妄以生驕」（《原詩．內篇》）

「識」既如此重要，固詩家以養「識」為當急要務，以為創作奠基。而讀書可以養「識」，所謂「開卷有益」，「多讀古人詩」（《原詩．內篇》）即是。但多讀書，要知古人之意，在《已畦詩集》中，云「讀書莫事多，展卷貴有得。」就是這層意思。

6. 詩有「品量」

「品量」一詞，是葉氏提出的。指詩人須有品格度量。在《原詩、外篇》云：

古人之詩，必有古人之品量；其詩百代者，品量亦百代。古人之品量，見之古人之居心。其所居之心，即古盛世賢宰相之心也。宰相所有事，經綸宰制，無所不急，而必以樂善愛才為首務，無毫髮媢疾忌忮之心，方為真宰相。百代之詩人，亦然。如高適、岑參之才，遠遜于杜，觀甫贈寄高、岑諸作，極其推崇贊歎。孟郊之才，不及韓愈遠甚，而愈推高、郊，至低頭拜東野，願郊為龍，身為雲，四方上下逐東野，盧仝、賈島、張籍等諸人，其人地與才，愈俱十百之，而愈一一為之歎賞推美，史稱其奬借後輩，稱薦公卿間，寒暑不避。歐陽修于詩，極推重梅堯臣、蘇舜欽，蘇軾于黃庭堅、秦觀、張耒等諸人，皆愛之如己，以好之者無不至。蓋自有天地以來，文章之能事，萃于此數人，決無更有勝之而出其上者，及觀其樂善愛才之心，竟若欲然不自足，此其中懷闊大，天下之才皆其才，而何媢疾忌忮之有。不然者，自炫一長，自矜一得，而惟恐有一人之出其上，又惟恐人之議己，日以攻擊詆毀其類為事，此其中懷狹隘，即有著作，如其心術，尚堪垂後乎，昔人惟沈約聞人一善，如萬箭攢心，而約之所就，亦何足云。是猶以李林甫、盧杞之居心，而欲博賢宰相之名，使天下後世稱之，亦事理所必無者爾。（《清詩話》本，藝文）

可見，一位詩人的心胸氣度，即品量，與詩的成就有莫大關係。

7. 葉氏又提出「氣」的觀念，實由孟子、曹丕、韓愈以來所共信，前已提及

三、黃宗羲（1610-1695）、朱彝尊（1629-1709）等人所倡浙派及詩歌理論

黃宗羲（1610-1695），思想上受王陽明，及其弟子王畿的影響。文學上承繼公安派「獨抒性靈」，兼以負擔社會意義的「載道」、「載事」精神。（參方祖猷《清初浙東學派論叢》，頁二十三起，萬卷樓）曾以興、觀、群、怨論詩，詩論由主唐音轉向宋詩，至朱彝尊後，走向崇尚宋詩。

朱彝尊（1629-1709），字錫鬯，號竹垞，浙江秀水（嘉興）人，清兵下江南之際，朱彝尊的從祖朱大定在家鄉起兵抵抗，失敗被俘，慷慨赴義。朱彝尊則剛成婚，避兵在外，此後他積極參加文社，曾與屈大均相識。康熙十八年應薦博學鴻詞，受翰林院檢討，充《明史》纂修官，典試江南，入值南書房。歸田後，重遊廣東、福建，沿途寫下許多山水詩，歷繪山川，大多清新可誦。

朱彝尊詩，早年受明七子及雲間、西泠派影響，其師法由唐轉宋，反映清初許多詩人的創作道路。據趙翼《甌北詩話》卷十云：

> 竹垞，……詩初學盛唐，格律堅勁，不可動搖；中年以後，恃其博奧，盡棄格律，欲自成一家，如〈玉帶生歌〉諸篇，固定推倒一世。（湛貽堂本）

〈玉帶生歌〉詠文天祥遺硯，概括宋末遺民有關故事，格律蒼遒，為朱彝尊晚年優秀作品。

另，吳之振編有《宋詩鈔》（有《四庫全書》本），倡宋詩。不過翁方綱《石洲詩話》認為《宋詩鈔》作品多為「早起晚坐、風花雪夜、懷人對景之作」（卷四，廣文），遺棄了宋詩的真正精神。

厲鶚（1692-1752），字太鴻，浙江錢塘人，乾隆元年薦舉博學鴻詞，又以答卷規格不符而被黜。平生所著，有《樊榭山房全集》。厲鶚詩歌的最大特點，是專法宋代詩人，二是好用宋代典故。袁枚《隨園詩話》卷九云：

> 吾鄉有浙派，好用替代字，蓋始於宋人，而成于厲樊榭。……樊榭在揚州馬秋玉家所見說部書多，好用僻典及零碎故事，有類《庶物異名錄》、《清異錄》兩種。（《隨園三十六種》本）

這段話可知浙派好用「替代字」，厲鶚詩喜用宋代詩人，用宋僻典，把宋詩發展推到極端。浙派主要成員有：杭世駿（1696-1772）、金農（1687-1764）、符曾（乾隆元年舉博學鴻詞）、丁敬、（1695-1765）全祖望（1705-1755）、吳錫麒（1746-1818）等人，而以厲鶚為領袖。

四、翁方綱（1733-1818）肌理說

翁方綱，字正三，號覃谿，順天府大興縣（北平）人。他幼年師事學詩的黃叔琳，是漁洋門人，也就間接受漁洋學說影響。其文學理論著作如：《石洲詩話》八卷，《小石帆亭著錄》六卷，《復初齋文集》收〈格調論〉、〈神韻論〉等。

他以杜甫的〈麗人行〉詩：

三月三日天氣新，長安水邊多麗人；態濃意遠淑且真，肌理細膩骨肉勻。（錢謙益註《杜工部集註》卷一，新文豐）

的「肌理」，作為作詩的口號。他用「肌理」來論述詩家，如

遺山五古每疊一韻以振其勢，微與其七古相類，蓋肌理稍疎，而秀色清揚，卻自露出本色耳。（《石洲詩話》，卷五，廣文，下引同）

又：

遺山雖較之東坡，亦自不免肌理稍麤，然其秀骨天生，自是出群之姿。（《石洲詩話》，卷五）

又：

> 周草窗（密）詩，肌理頗粗。（《石洲詩話》，卷四）

又：

> 李莊靖詩，肌理亦粗。（《石洲詩話》，卷五）

都是以「肌理」來評論詩家。本來，杜甫〈麗人行詩〉，「肌理」意指美人的「皮膚感覺」，翁方綱也取此意，言周草窗等詩，在感覺上粗糙而言。所以，翁氏又在〈杜詩熟精文選理理字說〉云：「理者，治玉也，字從玉，從里聲，其在於人則肌理也，其在於樂則條理也，《易》曰：「君子以言有物」，理之本也。又曰：「言有序」，理之經也。天下未有舍理而言也」。（《復初齋文集》卷十，文海，下引同），所謂「言有物」是理之本，「言有序」是理之經，不正與桐城古文派的「義」「法」說相同？進一步的問，翁氏何以有此想法？恐怕是為了整合考據、辭章和義理。站在文學上，翁氏提出「肌理」說。據張維屏《聽松廬文鈔》云：

> 覃谿先生謂，漁洋拈「神韻」二字，因為超妙，但其弊恐流為空調，故特拈「肌理」二字，蓋欲以實救虛也。（引自錢仲聯主編《清詩紀事》，見前）

「以實救虛」，便是他提出「肌理」的主要目的。翁氏自己認為，他的「肌理」，即是王漁洋的神韻，為的是「實」神韻的「空言」，所以他說：

自新城王氏一倡「神韻」之說，學者輒目此為新城言詩之秘，而不知詩所固有，非自新城始言也。且杜云：「讀書破萬卷，下筆如有神。」，此神字，即「神韻」也（神由讀書來）。杜云：「熟讀《文選》理。」韓云：「周詩《三百篇》，雅麗理訓誥。」杜牧謂「李賀詩使加之以理，奴僕命騷可矣。」此理字即「神韻」也。「神韻」者，徹上徹下，無所不該；其謂羚羊挂角，無跡可求；其謂鏡花水月，空中之象，亦皆即此「神韻」之正旨也；非墮入空寂之謂也。……然則「神韻」者，是乃所以君形者也。昔之言「格調」者，吾謂新城變「格調」說，而衷以「神韻」，其實「格調」即「神韻」也，今人誤執「神韻」以涉空言，是以鄙人之見，欲以「肌理」之說實之。其實，「肌理」亦即「神韻」也。……其新城之專舉空音鏡象一邊，特專以針灸李、何一輩之癡肥、貌襲者言之，非「神韻」之全也。

（《復初齋文集》卷八，〈神韻論〉，文海）

他引述杜甫「熟讀《文選》理」，韓愈「周詩《三百篇》，雅麗理訓詁」。……用來反駁王漁洋的「非關理也」，「不涉理路」的說法。他在論詩作品中，反覆提到這一點，一方面破除王漁洋的說法，一面建立自己肌理說的理論。在上面引述王漁洋的說法中，指出神韻是「徹上徹下，無所不該」，也責備王漁洋未喻神韻說的全旨。也說明「肌理」的意義。照翁氏的說法，「神韻」是「肌理」。又說「神韻」是，

合丰致，格調為一，而渾化之。（《石洲詩話》卷四，廣文，下引同）

又說：

「神韻」者，……無所不該，有於「格調」見「神韻」者，有於「音節」見「神韻」者；亦有於「字句」見「神韻」者，非可執一端以名之也。有於「實際」見「神韻」者；亦有於「虛處」見「神韻」者，有於「高古渾樸」見「神韻」者，亦有於「情致」見「神韻」者，非可執一端以名之也。（《復初齋文集》，卷八）

他把王漁洋的神韻說，構成一種無所不包的境界，一種造詣，所以「合丰致，格調為一，而渾化之」，他又稱：

詩之壞於「格調」也，自明李、何輩誤之也，……漁洋變「格調」曰「神韻」，其實即「格調」耳。（《復初齋文集》卷八，〈格調論〉上）

足以說明，翁氏心目中，神韻、格調、肌理三者的關係。在翁氏眼裡，「格調」即「神韻」，亦即「肌理」，三者合一。他口口宣稱漁洋神韻的空虛，實際上呢？他混同漁洋的神韻說，和明七子的格調說，配上自己考據的工夫（清代樸學風氣影響），也就是整合辭章與考據。故意拈出「肌理」，作為他論詩的招牌。他真正的精神，卻是以考據，注疏為基礎，作為理論詩文的根據。然後批判他人。所以他作詩，論詩由考據入。他稱揚宋人，如：

談理至宋人而精，說部至宋人而富，詩則至宋而益加細密。（《石洲詩話》，卷四）

宋人的詩，是重鍛鍊、排比、質實、沈博；是翁方綱論詩的依據。與沈德潛「格調說」重唐詩不同。翁氏又加上清代考據，他說：

古之立說，欲明義理而已，不知後之人有考訂也，古之為傳注者，欲明義理而已，不知後之人有考訂也。（《復初齋文集》，卷七，〈攷訂論〉）

又說：

南渡而後，如武林之遺事，汴土之舊聞，故老名臣之言行，學術師承之緒論淵源，莫不借詩以資考據。（《石洲詩話》，卷四）

可見他對考據的重視了，他又說道：

為學必以考證為準，為詩必以肌理為準。（《復初齋文集‧蛾術集序》，卷四）

實際上，他以考據以實詩的「為學」，都以考據為準。時人洪北江說的好：

翁閣學方綱詩，如博士解經，苦無心得。（《北江詩話》，卷一，廣文）

正足以說明翁方綱肌理說的內涵。

如此，對於肌理之說，可謂真相大白。

袁枚對於肌理之說，曾有所批評，他說：

近日有巨公教人作詩，必須窮經讀注疏，然後落筆，詩乃可傳。余聞之笑曰：「且勿論建安、大歷、庚開府、鮑參軍，其經學何如，只問：〈關關雎鳩〉，〈采采卷耳〉，是窮何經何注疏、得此不朽之作……梁昭明太子〈與湘東王書〉云：「夫《六典》《三禮》，所施有地，所用有宜。未聞吟詠情性，反擬《內則》之篇；操筆寫志，更慕《酒誥》之作。「遲遲春日」，翻學《歸藏》；「湛湛江水，竟同《大誥》！」此數言振聾發瞶，想當時必有迂儒曲士，以經學談詩者，故為此語以曉之。（《隨園詩話‧補遺》卷一）

所謂詩以言情，如為考據，則失詩之旨意甚遠。以金石考訂為詩，畢竟不是正途。

翁氏詩論以考據為本，溯其源流，來自當時學風，此學風一面來自漢學，重現義理考據，故與學者之詩論相近；一面受黃山谷（江西詩派，字字有來處，點竄古人詩句脫胎法，及意同語異的換骨法。）此說，與宋詩派之詩論為近，此種關係，直至以後，仍是如此，後代如同治、光緒之際，沈曾植、陳三立、陳衍、鄭孝胥等人，大張旗幟，號稱「同光體」。儼然為晚清詩壇主流，發展宋詩運動，此實受翁方綱「肌理說」詩學理論的影響。

至於晚清詩人，有擬江西詩派（如何紹基、魏源），有擬盛唐（如王闓運），不過擬古餘波。比較值得一提的是龔自珍（1792-1841）、黃遵憲（1848-1905）。龔自珍的《龔自珍全集》詩反映社會病態，而黃遵憲《人境廬詩草》婉約古典，而吸取民間詩歌，清新自然。在〈雜感〉詩提倡「我手寫我口」。（參王建生著《簡明中國詩歌史》文津）

五、王國維（1877-1927）境界說

王國維，字靜安，號觀堂，浙江海寧人。著有《靜安文集》、《人間詞話》、《宋元戲曲史》、《紅樓夢評論》等書。他曾於二十九歲（1906）集詞六十一闋，成《人間詞甲稿》，並於三十歲

(1907)成《人間詞乙稿》，合為一百一十五首，晚年更名為《茗華詞》，多用比興之法，寓哲理於形象之中。

他的《人間詞話》(有台灣開明書局本)雖以詞為論述對象，然其「境界說」，是作者在古典詩詞中所創造的一個形神兼備，相對完整的藝術層次。境界用於文藝評論，最早出現於盛唐王昌齡分物境、情境、意境(《詩格》)。王國維筆下的「境」與「意境」、「境界」，是同樣的意思，實可通於詩、曲。在《人間詞話》又有「造境」(理想)、「寫境」(寫實)之分。又言「有我之境」(以我觀物)，由動之靜時得之；「無我之境」(以物觀物)，於靜中得之。言其一優美，一宏壯。又言境有大小，不以是而分優劣。並言境界小者，多近於寫境，近於無我之境。境界大者，多近於造境，近於有我之境。

他又有所謂「隔」與「不隔」之說。

在《人間詞話》第三十六則，王國維曾提出「隔」字來批評姜白石〈念奴嬌〉、〈惜紅衣〉二詞，以為不及另一首周美成之作，說：

> 美成〈青玉案〉詞(按：當作〈蘇幕遮〉詞)「葉上初陽乾宿雨，水面清圓，一一風荷舉」，此真能得荷之神理者，覺白石〈念奴嬌〉、〈惜紅衣〉二詞猶有隔霧看花之恨。(卷上，台灣開明書局)

又於第三十九則《詞話》，再評白石詞之「隔」說：

白石寫景之作，如「二十四橋仍在，波心蕩，冷月無聲」，「數峰清苦，商略黃昏雨」，「高樹晚蟬，說西風消息」，雖格韻高絕，然如霧裡看花，終隔一層。梅溪、夢窗諸家寫景之病皆在一「隔」字。北宋風流，渡江遂絕，抑真有運會存乎其耶！（同右）

又於第四十則《詞話》論「隔」與「不隔」之別說：

問「隔」與「不隔」之別。曰：陶謝之詩不隔，延年則稍隔矣；東坡之詩不隔，山谷則稍隔矣。「池塘生春草」、「空梁落燕泥」等二句，妙處唯在不隔。詞亦如是，即以一人一詞論，如歐陽公〈少年游・詠春草〉上半闋云：「闌干十二獨凭春，晴碧遠連雲，千里萬里，二月三月，行色苦愁人」，語語都在目前，便是不隔。至云：「謝家池上，江淹浦畔」則隔矣。白石〈翠樓吟〉：「此地宜有詞仙，擁素雲黃鶴，與君游戲，玉梯凝望久，歎芳草萋萋千里」，便是不隔。至「酒祓清愁，花消英氣」則隔矣。然南宋詞雖不隔處，比之前人，自有淺深厚薄之別。（同右）

又於第四十一則《詞話》舉寫情不隔及寫景不隔之為例說：

「生年不滿百，常懷千歲憂，晝短苦夜長，何不秉燭遊」；「服食求神仙，多為藥所誤，不如飲美酒，被服紈與素」。寫情如此，方為不隔。「采菊東籬下，悠然見南山，山氣日夕佳，飛鳥相與還」；「天似穹廬，籠蓋四野，天蒼蒼，野茫茫，風吹草低見牛羊」，寫景如此，方為不隔。（同右）

又，對王國維「隔」與「不隔」，後人有不同的看法，如葉嘉瑩以「真切感受」與「不真切感受」，說明「不隔」與「隔」。在她的《王國維及其文學批評》說：

《人間詞話》境界說之基礎原是專以「感受經驗」之特質為主的，因此要想求得一篇作品能夠達到「有境界」的標準，就不得不具備兩個條件；其一是作者對其所寫之景物及情意需具有真切之感受，其二是對於此種感受又需具有能予以真切表達出之能力。……如果在一篇之作品中，作者果然有真切之感受，且能做真切之表達，使讀者亦可獲致同樣真切之感受，如此便是「不隔」。反之，如果作者根本沒有真切之感受，或者雖有真切之感受但不能予以真切之表達，而只是因襲陳言或雕飾造作，使讀者不能獲致真切之感受，如此便是「隔」（《王國維及其文學批評》，桂冠）

吳宏一在他的《王靜安的境界說》云：

王靜安的境界說是重視自然的、真切的。他所說的自然，亦即純真。要是在表現技巧上，能夠合乎自然的法則，能夠不隔不游，經過移情作用，將意（情趣）境（意象）——真感情真景物傳達給讀者，而引起讀者共鳴的，便是有「境界」。

他又說：

《人間詞話》中論及的「隔」與「不隔」，也就是就表現的技巧而言的。……王靜安的意思是表現的技巧，能夠合乎自然的法則，能夠表現的恰到好處的話，才是「不隔」，也不是游詞，否則就是隔了。（何志韶編《人間詞話研究彙編》，台北巨浪）

由以上論述，王國維所謂「隔」與「不隔」的問題，凡是把人真實感受、感情真切自然的表達，不加任何修飾，都可達到「不隔」的境界。若是思想貧乏，思緒混亂，用艱澀難明的語言來裝飾、裝典自己的庸碌，便是「隔」。不過這種說法，趙元禮（1868-）《藏齋詩話》云：

王靜安先生謂詩詞之境界在乎不隔。詩之神祕，則須有朦朧性者，隔也，不隔則無朦朧性矣。文學之妙在乎隔與不隔之間，盡不隔則味薄，然顯豁；盡隔則味濃，然晦澀，貴乎參差運用也。（收在張寅彭主編《民國詩話叢編》，《藏齋詩話》卷上，頁二三四，上海書局）

對於隔與不隔有另外看法。

第五章　桐城古文系統之文論

一、歸有光（1506-1571）的文論

歸有光為救時弊（反擬古），近承王慎中（1509-1559）、唐順之（1507-1560）（有意識的反對擬古主義），遠取歐陽修（1007-1072）、曾鞏（1019-1083）等唐宋八家，八家之後，隱然為文統所屬，其文論又為桐城諸子宗法，故有其文學批評地位。

其文論可分：

1.反擬古（反對摹其形，而遺其神，堆砌字句）

在於〈與沈敬甫書〉云：

僕文何能為古人，但今世相尚以琢句為工，自謂欲追秦、漢，然不過剽竊齊、梁之盛，而海內宗之，翕然成風，可為悼歎耳。（《震川別集》，卷七，四部叢刊，下引同）

震川之致力於古文，乃在於欲匡時弊，反對琢句為工，追摹秦漢，實為剽竊之擬古派文學。在於〈與沈次谷先生詩序〉亦云：

今世乃惟追章琢句，摹擬剽竊，淫哇（淫邪之聲）浮豔之為工，而不知其所為敝。（《震川全集》卷二）

震川力斥浮豔剽竊之風，主張為文本乎古聖之道，遣辭則應樸實無華，其於〈示徐生書〉云：

夫聖人之道，其跡載於六經，其本具于吾心，本以主之，跡亦徵之，……是故學以徵諸跡也，跡之著，莫六經若也，六經之言，何其簡而易也。（《震川全集》七卷）

六經之文，無不載道，猶且簡易，故行文不宜故事鋪張。載道之文「雅」，無華之辭「潔」，此所以桐城文論之力主「雅潔」故也。

曾文正在〈書歸震川文集後〉，有云：

當時假齊梁之雕琢，參為力追秦漢者，往往而有，熙甫一切棄去，不事塗飾，而選言有序，不刻畫而足以昭物情，與古作者合符，而後來者取則焉，不可謂不智已。人能宏道，無如命何，藉熙甫早置身高明之地，聞見廣而情志闊，得師友以輔翼，所詣固不竟此哉。（《曾文公文集》卷一，世界書局）

由於歸有光與後七子王世貞（1526-1590）同時，王氏是當時十分顯赫的人物，聲勢之大，不可一世，而歸有光以一個窮鄉僻壤的老儒，居然起而與之對抗，更顯得可貴。

2. 從「形式」與「技巧」入手

歸有光，不是一個徹底的反擬古主義的，他只是主張「變秦漢為歐曾」，與擬古口號「文必秦漢」有別；他醉心於《史記》（用三色筆評點《史記》，以為揣摩其文法），愛好歐、曾等人的文章，多半也是從形式、技巧入手。因此，不能真正的擺脫擬古主義的看法和束縛。他曾抨擊王世貞云：

蓋今世之所謂文者，難言矣。未始為古文之學，而苟得一二妄庸人為之巨子，爭附和之，以詆排前人。韓文公云：「李杜文章在，光焰萬丈長，不知群兒愚，那用故謗傷，蚍蜉撼大樹，可笑不自量。」文章至于宋元諸名家，其力足以追數千載之上，而與之頡頏，而世直以蚍蜉撼之，可悲也！（《歸震川全集、項思堯文集序》卷二，世界書局）

這一席話，是針對當時擬古主義者「非秦漢、盛唐莫視」的主張而發的。王世貞聽了就說「妄則有之，庸則未敢聞命。」歸有光說：「惟妄故庸，未有妄而不庸者也。」王世貞晚年作〈歸有光贊〉說：

先生于古文詞，雖出自《史》《漢》，而大較折衷於昌黎、廬陵。……不事雕飾而自有風味，超然當名家矣。（王世貞撰〈歸太僕贊、序〉，收在《歸震川全集》，同右）

這一批評是正確的。可見王世貞晚年對他心折。

二、侯方域（1618-1654）、魏禧（1624-1680）、汪琬（1624-1690）

侯方域、魏禧、汪琬等三家，也都是以唐宋八家為宗，重視經世致用，主文道相合。侯方域較錢謙益晚（錢生於萬曆十年 1582-1664；侯生於四十六年，1618-1654），重才與氣。

甲、侯方域（1618-1654）才與氣

侯方域，字朝宗，河南商邱人。少年，與方以智、陳貞慧、冒襄齊名，被稱為「明末四公子」。早年生活放浪，馳聘詞場。三十歲後，肆力於古文，與汪琬、魏禧，號稱清初古文三大家。三家中，侯方域以才氣勝。

侯之注意唐、宋八家之文，是發端於吳應箕的邀約，侯氏與吳氏相識，是明末崇禎十二年（1639），他二十二歲，為應試上南京時的事，吳氏於清順治二年（1648），在其故鄉安徽、貴池，因起義抗清失敗，被處死刑。侯氏於應試第二年，歸河南商邱故里，崇禎十五年（1642），奉父命再度上京，在京寓居三年，歸鄉後，順治十一年，以三十七歲早卒。有《壯悔堂文集》、《四憶堂詩集》。

侯方域主張唐宋八家的主旨在於：

1. 骨與氣

在〈與任王谷論文書〉中，曾云：

大約秦以前之文主骨，漢以後之文主氣。秦以前之文，若《六經》非可以文論也，其他如《老》、《韓》、諸子，《左傳》、《戰國策》、《國語》，皆斂氣於骨者也；漢以後之

> 文，若《史》若《漢》，若八家最擅其勝，皆運骨於氣者也。斂氣於骨者，如泰、華三峰，直與天接，層嵐危蹬，非仙靈變化未易攀陟，尋步計里，必蹶其趾，姑舉明文，如李夢陽者，亦所謂蹶其趾者也。運骨於氣者，如縱舟長江大海間，其中煙嶼星島，往往可自成一都會。即颶風忽起，波濤萬狀，東泊西注，未知所底。茍能操柁覘星，立意不亂，亦可自免漂溺之失，此韓、歐諸子所以獨嵯峨於中流也。六朝《選體》之文，最不可恃，士雖多而將囂，或進或止，不按部伍。（《壯悔堂文集》卷三，掃葉山房本，下引同）

他分別以「斂氣於骨」和「運骨於氣」來說明秦以前之文和漢以後之文。先秦之文，如《老子》、《莊子》、《韓非子》等，純以發揮思想為主，《左傳》、《國語》、《國策》以記事為主。所謂「斂氣於骨」，是以內容為核心，「氣」是內斂的，故有此說。又，《史記》、《漢書》及唐宋八家古文，是有意識追求文章表現之美，有規矩可循，故言「運骨於氣」。這種說法與明代唐宋派文人唐順之主張相似，在於矯正明代前後七子擬古流弊。

2. 才與法合

侯方域以為：

天下之真才未有肯畔於法者，凡法之亡，由於其才之偽也。（《壯悔堂文集》，卷一，〈倪涵谷文序〉）

又說：

今夫雕鏤以章金玉之觀，組練以侈錦繡之華而已，若欲運刀尺於虛無之表，施機杼於穀紋之上，未有不力窮而巧盡者也。故蘇子曰：「風行水上者，天下之至文也」。風之所以廣微無間者，氣也，水之所以澹宕自足者，質也。風之氣蕭然而疏，然有能禦風者否耶？水之質，泊然而柔，然有能劃水者否耶？故曰氣莫疏於風，質莫堅於水，然則至文者，雕鏤之所不受，組練之所不及也。（〈倪涵谷文序〉，同前）

倪元璐關於先盡其才，後軌於法的說法，是就制義之文說的。侯方域用來泛指古文寫作，表達「才」與「法」的關係。他在這裡，說明了「才」是激情和想像力，自然的流露，馳騁縱橫，要像風一般的氣，廣微無間。可以大用，也可以小用，長篇有氣，短篇也有氣，再加以像水一般的質，澹宕自足，於事於理有所得，於情於文又足以表現，可以展露個性，同時也可以見學識，這樣，才是所謂馳騁縱橫，這樣馳騁，不是跑野馬；這樣縱橫，也不是無節制，要合乎某一內容的規律，這是所以盡其才，而同時又所以軌於法。

才與法的關係是

才 ＜ 氣……（理）／質……（自然） ＞ 法

他以才為一元，所以他論文境，以為濃密者固出於才，而疏澹者也不能廢才，所以他論文格，以為縱橫者固出於才，而含蓄者也不能廢才。他更主張，繼承《史記》、《漢書》與唐宋古文之時，能吸收小說創作的筆法。他說：

> 當其閒漫纖碎處，反宜動色而陳，鑿鑿娓娓，使讀者見其關係，尋繹不倦。至大議論人人能解者，不過數語發揮，便須控馭，歸於含蓄。若當快意時，聽其縱橫，必一瀉無復餘地矣。譬如渴虹飲水，霜隼搏空，瞥然一見，瞬息滅後，神力變態，轉更夭矯。（《壯悔堂文集》三，〈與任王谷論文書〉）

他要求「閒漫纖碎」之處加重筆墨，這種方法得力於史傳與小說筆法，明代歸有光專以瑣事為文，增添文章的生動性。侯方域也繼承這一系統，如〈李姬傳〉、〈馬伶傳〉正是代表。

乙、魏禧（1624-1680）經世實用

魏禧，字凝叔，一字叔子，號勺庭，江西寧都人，與兄際瑞，弟禮，有「寧都三魏」之稱。康熙十七年（1678）召試博學鴻詞，以病堅辭。際瑞所著有《伯子文集》及《雜俎》，禧所著有《叔子文集》、《左傳經世》等。魏禧關心世務，文學理論也表現經世實用的特點。在清初古文三大家中，較多反傳統色彩。他的文論包括：

1.文章之法，知其常，尤應通其變

他認為文章應能自此中入，尤須能於此中出。在〈陸懸圃文序〉云：

> 予嘗與論文章之法。法，譬諸規矩，規之形圓，矩之形方，而規矩所造，為榍，為槷，為眼，為倨句磬折，一切無可名之形，紛然各出。故曰：規矩者，方圓之至也。……使天下物形不出於方，必出於圓，則其法一再用而窮，言古文者，曰伏，曰應，曰斷，曰續。人知所謂伏應，而不知無所謂伏應者，伏應之至也；人知所謂斷續，而不知無所謂斷續者，斷續之至也。……今夫山，屹然崱屴，終古而不變，此山之法也。瀉水於盂，盂方則方，盂圓則圓者，水之法也。山以不變為法，水以善變為法。今夫山，禽獸孕育飛走，草木生落，造雲雨，色四時，一日之

間而數變。今夫水，瀉於平地，必注於龜，流其所不平，瀉之萬變而不失。今夫文，何獨不然。故曰：變者，法之至者也，此文之法也。（《魏叔子文集》八，台灣商務，下引同）

魏禧認為世間事物，不變中有變，變中有不變，變與不變是相對的，但變是不變的極至。明人以時文之法為古文，亦以時文之法讀古文，於是有所謂評點之學，眼光心思，都來束縛於所謂伏、應、斷、續之中。這是所謂死法，而不是活法。為文而求合此種死法，即是知其常而不能通其變。不能通其變，則即使伏應斷續全合法度，總是一些固定的法則，應融入作者的創作個性中。所以必須神明於法，知道不變者固是法，而善變者也是法；必能於不變之法中，知善變之法，又能於善變之法中，知不變之法，然後如規矩這般，可以為方圓，也可以不為方圓，也可以為不方圓，而規矩之用始窮出而不窮，所以說：「變者，法之至者也。」

2.文貴簡潔（為八家古文要訣，歐陽修等曾特別強調）

他在〈復羅珂雪〉書說：

愚願足下于集中省篇，篇中省句，句中省字，文章如用兵，貴精而不貴多。（《魏叔子文集》二，卷七）

又在〈伯年文集敘〉中引伯子曰：

多作不如多改，善改不如善刪。（《魏叔子文集》三，卷八）

3.以忠孝性情為本。魏禧在〈答蔡生書〉云：

文章之本，先正性情，至行誼，使吾之身又背於忠孝信義，則發之言必篤實可傳。（《魏叔子文集》二，卷六）

可見他喜歡簡潔文章。在〈答施愚山侍讀書〉又說：

禧又得讀執事文，簡潔而雅醇，意思深長，與古法會，望而知為有道者之言。（《魏叔子文集》二，卷六）

魏禧又為古今文章所由作之本，在於「明理」、「適用」（〈答曾君有書〉，《魏叔子文集》二，卷五，台灣商務）。〈左傳經事敘〉有：讀書所以明理、適用。（《魏叔子文集》二，卷八，台灣商務）從積極而論述。魏禧又有所謂「執事論人，必先器識；文必先根柢。此古人所以可傳者，舉世好文之士不察也。」（《魏叔子文集》二，卷六）

4. 論文求「真氣」。魏禧在〈任王谷文集序〉云：

> 吾嘗謂今天下之文最患于無真氣。有真氣者或無特識高論，又或不合古人之法。合古法者，或拘牽摹擬，不能自變化，是以能者雖多，瓌瑋魁傑沈深峻削之文所在而有，求其足自成立，庶幾古作者立言之義，則不少概見。（《魏叔子文集》三，卷八）

魏禧在〈八大家文鈔選序〉說：學古人者，必知古人之病而力洗滌之，不然者，吾既自有其病，而又益以古人之病，則天下之病，皆萃于吾一人之身，其尚可以為人乎哉！（《魏叔子文集》三，卷八）自韓愈文闡述儒道為己任，其女婿李漢為其文集作序，道破「文為貫道之器」後，文遂與儒道發生密切關係，對於八家中特崇韓愈者而言，這乃成為根本信條。此處所謂「儒者之文」即此意。此外，魏禧亦有「五病」「七弊」議論不當之古文。

丙、汪琬（1624-1690）文道合一

汪琬是蘇州府長洲縣人，和魏禧同為明末天啟四年出生，是清順治十二年進士，官至戶部主事乃告退，隱居蘇州堯峰，其文論散見於《鈍翁類稿》六十二卷，及《續稿》五十六卷中。晚年自定為《堯峰文鈔》。他的文論主張包括：

文道合一

在〈與曹木欣先生書二〉中說：

當其少時，頗好韓吏部歐陽子之書，及壯，而始習《六經》，又好諸家注疏之書，孜孜矻矻，窮日晝夜，以用力於其中。（《堯峰文鈔》卷三十二，〈書〉，台灣商務四部叢刊）

又，〈與歸玄恭書二〉說：

僕私淑太僕有年，寧得罪於足下，不欲得罪於太僕。（同前，卷三十三）

然而，他以經學文章兼備者為理想，最推崇朱子。

他在〈王敬哉先生集序〉云：

琬聞之：文者貫道之器，故孔子有曰：「文不在茲乎？」孔子之所謂文，蓋謂《易》、《詩》、《書》、《禮》、《樂》也，是豈後世辭賦章句，區區儷青妃白之為與？……人之有文，所以經緯天地之道而成之者也。……嗣後凌遲益甚，文統道統，於是歧而為二，韓、柳、歐陽、曾以文，周（敦頤）、張（載）、二程（顥、頤）以道，未有彙其源流，而一之者也。……進而繼孔子者，惟朱徽國文公（熹）一人止耳。（同前，卷二十九，序）

汪琬力圖恢復儒家「文」的觀念。也就是以《易》、《詩》、《書》、《禮》、《樂》等儒家經典為內容，是以成為「貫道之器」，所以說「人之有文，所以經緯天地之道而成之者也」。承繼劉彥和《文心雕龍・原道》的觀點。《文心雕龍・原道》云：「道沿聖以垂文，聖因文而明道。」又云：「辭之所以能鼓天下者，迺道之文也。」（卷一，四部叢刊）。朱子亦以文為《六藝》之文。如此文統與道統是不可分割的，整體的。此即其文章的根本思想所在。其次當為文章模範，他最尊崇韓愈、歐陽修，近人中尤傾倒歸有光。

明末清初，雖然錢謙益已先推崇歸有光，但他不喜錢謙益，往往加以詆誹。在〈與梁御史論正錢錄書〉說：

（琬）平時所以剌譏其文章，殆不遺餘力者……，嘗恨文章之道，為錢所敗壞者，其患不減於弇州（王世貞）、大函（汪道昆、王世貞嘗稱道其文），而錢氏門徒方盛，後生小子，莫不附和而師承之，故舉世不言其非。幸而有一吳氏（吳喬），不量氣力與之爭，而又不得其要領，豈不大可惜哉。（同前，卷三十二）

汪琬以為錢謙益敗壞文章之道，恐怕是站在「文者貫道之器」的角度說的。因為錢氏降清，為士大夫不恥，故云。

汪氏一方面摭拾理學成語，每言古之作者於道，莫不各有所得，而且歎息後世文統道統之歧而為二，甚至以為退之〈原道〉，永叔之本論，猶不足當載道之語。而在另一方面，如〈答陳靄公論文書一〉又言「僕嘗徧讀諸子百氏大家名流，與夫神仙浮屠之書矣，其文或簡鍊而精麗，或疏暢而明白，或汪洋縱恣逶迤曲折、沛然四出，而不可禦，蓋莫不有才與氣者在焉。」(《堯峯文鈔》卷三十二，同前)，與陳靄公又說「古人之為文也，其中各有所主，有假文以明道者，有因文以明道者，有知文而不知道者」。又似乎文之與道不必相合，該書信中，甚至以文載道之說為稍夸，把文章之法歸與才與氣。

才氣與法

又，汪氏之所得於古文者，僅在法度之間，故於〈答陳靄公書二〉謂「大家之有法，猶奕師之有譜，曲工之有節，匠氏之有繩度，不可不講求而自得者也。」此種論調本不足怪，所奇怪者，乃在一方面講法，一方面又講才與氣，而此種矛盾，即出於〈答陳靄公書〉中。法與才氣，固不是不可發生聯繫，不過在他的思想體系上，又似與不主新奇可喜之說，有些衝突而已。其〈答陳靄公論文書一〉說：

惟其才雄而氣厚，故其力之所注，能令讀之者動心駭魄，改觀易聽，憂為之解頤，泣為之破涕，行坐為之忘寢與食，斯已奇矣。而及其求之以道，則小者多支離破碎而不合，大者乃敢於披猖磔裂，盡決去聖人之畔岸，而剪拔其藩籬，雖小人無忌憚之言，亦常雜見於中，有能如周、張諸書者，固僅僅矣。……夫文之所以有寄託者，意為之也，其所以有才者，才與氣舉之也。（同前）

在此文中，他稱許諸子百氏與夫神仙浮屠之書，各自有自己風格，具有「動心駭魄，改觀易聽」的感染力，雖與論文主道之說不合，他以為文有才與氣。照他這樣的說法，文可以無與於道，只須有意，有才氣，自然可以使「讀之者動心駭魄」，此便肯定辭章的文學地位。這麼一來，又與其不主新奇可喜之說不甚相合了。此種見解，在後來曾國藩的文論，便不見其衝突，而汪氏文論總覺其不甚一致，這即是汪氏思想不甚縝密的地方。汪氏循循縮縮，守法而不敢過，然而論道與法，猶且有此矛盾之論。

三、桐城派——方苞（1668-1749）、劉大櫆（1698-1780）、姚鼐（1731-1815）、曾國藩（1811-1872）

桐城派

1. 桐城何以能成派？

桐城之成派，即因桐城人之文論有其一貫主張之故。清代文論以古文家為中堅，而古文家之文論又以「桐城派」為中堅。有清一代的古文，前前後後殆無不與桐城發生關係。在桐城派未成立以前的古文家，大都可視為「桐城派」的前驅；在「桐城派」方立或既立的時候，一般不入宗派或別立宗派的古文家，又都是桐城派之羽翼與支流。由清代的文學史言，由清代文學理論言，都不能不以桐城為中心。

2. 名稱

「桐城派」的名稱，起於程晉芳、周永年諸人之戲言。曾國藩〈歐陽生文集序〉云：「乾隆之末，桐城姚姬傳先生鼐，善為古文辭，摹效其鄉先輩方望溪侍郎之所為，而受法於劉君大櫆，及其世父編修君範。三子既通儒碩望，姚先生治其術益精。歷城周永年書昌為之語曰，「為文章者，有所法而後能，有所變而後大。維盛清治邁逾前古千百，獨士能為古文者未廣。昔有方侍郎，今有劉先生，天下之文章其出于桐城乎？」由是學者多歸嚮桐城，號「桐城派」，猶前世所稱「江西詩派」。姚鼐〈劉海峰先生八十壽序〉明明說：「曩者鼐在京師，歙程吏部，歷城周編修語曰，「為文章者，有所法而後能，有所變而後大。維盛清治邁逾前古千百，獨士能為古文者未廣。昔有方侍郎，今有劉先生，天下文章，其出於桐城乎？」」（《惜抱軒詩文集》卷八，四部叢刊）則是「桐城文派」之所由得名，原出於程、周二氏共同之戲言。一般人所習知，由戲言而成定論。又或桐城派別其支流，以為惲敬（子居，1757-1817），張惠言（皋文，1761-1802）籍隸陽湖，故稱陽湖派。

3. 目標

由文學理論言，桐城文人確有其一貫主張與共同標的。一貫主張與共同標的是什麼？即是古文義法（義，指內容，所謂言之有物。法，指形式，即言之有序。）的問題。桐城文人正因有古文義法之說，為其文論中心，所以能成為派。一般人只從作風方面去論「桐城派」，所以對於劉海峰之文，便覺其方、姚異趣。不僅劉氏，即如姚門四大弟子之一之方東樹，其作風也何嘗與方，姚相類，此所以泥於其跡，不免窒礙難通。若從他們的思想言之，從他們的文論言之，則言論意見縱使有小出入，而中心問題卻是不變的。

桐城文論

桐城三祖（方、劉、姚）之文論，有其共同的目標，所以各人不妨就其才、學、識之所近而分途發展；方望溪，比較重在道的方面，劉海峰他直截痛快謂義理是材料，而不是能事，故撇開義理不談，而只講文人之能事。姚惜抱，雖仍不免兼顧義理考據，但他所謂「文」，是廣義的文，是詩文合一的文，故所側重的也在文人之能事。即如後來方植之，似乎頗能於道方面加以闡發，然而他猶且說：「古文之道非得之難，為之實難。」是則他所講的仍屬於「為文之方」，此所謂「文人能事」，此所謂「為文之方」，才是桐城文人獨到之處。所以桐城文論始終不離所謂古文義法的問題。蓋在此名詞下，可以範圍以前理學家的文論，也可以範圍以前唐、宋八家之文論；不僅如此，桐城文論所自出，固然是明代為唐宋古文者歸震川諸人的關係（精神上），實在也受明代提倡摹擬秦漢古文者前後七子的影響（形式，格律的講求）。

在明代，宗主秦漢（擬古派），與宗主唐、宋（唐順之、歸有光）的兩派文人，從表面上看，固是門戶各立；從骨子裡看，則沆瀣一氣。為什麼？即因他們都是復古，都是摹倣，本出同一手法，所異者只在宗主不同，爭一頭面而已。同樣是學古，只因古今語言之變遷，形成古今文章形貌之距離，於是摹擬有難易，而成功也有高下。宗秦漢者，以其距離之遠，不得不先摹形跡，而似覺神明在心，變化在己。……所以學秦漢刪節助詞，飯飣古語，固成為窠臼；而學唐宋者，只講轉折波瀾，也成窠臼。李空同之於秦漢，茅鹿門之於唐、宋，都有這種習氣。實則語言問題與規矩繩墨的問題，並非不能發生聯繫，秦漢之文雖疑於無所謂法，而仍有法可窺，即因出於語氣自然。唐、宋之文雖不能無法，而神明變化不是死法所得範圍，又因與語言接近的緣故，所以古文家之文論，說得抽象些，便是「氣」，即是語氣之自然；說得具體一些，便是「法」，即是語氣之自然；說得具體一些，便是「法」，即是謀篇的結構。氣盛言宜，自然能抑揚開闔起伏照應之法；文成法立。這樣講，於是語言的問題與規矩繩墨的問題，便發生聯繫，在明代部分人如唐順之、艾千子，已略窺到這點，不過不曾在這方面組成系統的文論而已。而桐城文人，方苞即是在這方面提出以「義法」為中心的古文系統的文論。也因此構成學派的要件。姚鼐弟子方東樹（植之，1772-1851）也承襲這種精神。（此語參郭紹虞《中國文學批評史》下冊之二，頁三五七，台灣商務。）

甲、方苞（1668-1749）與古文義法

方苞，字望溪，一字靈皋，晚號望溪，是康熙間的古文大家，安徽桐城人。曾為戴名世《南山集》作序而牽連下獄，後得免。清聖祖特旨免治曰：「方苞學問，天下莫不聞。」以白衣入值南書房，官至禮部侍郎，晚年辭官歸里。學術思想歸於程、朱，文章則崇尚唐宋古文。有《望溪文集》。他是姜宸英所推許的後輩。方氏之學，宗法程朱，唯語錄之文，則不欲附和，以為古文質而不俚。他論文講求「義法」，「義」，即義理。「法」即文的內在理法和文法，——亦即文的外形法則。「義」是以儒家道德，尤以孔子《春秋》之制義為根柢，堅持所謂「載道」之說。「法」是體《春秋》褒貶筆法之意。「義法」乃主張應以《左傳》、《史記》，降至唐、宋八家的古文法為宗，以此二者相表裡，相關地去批評和作文，故並非單是抑揚、頓挫、波瀾、照應等技巧的文法。

方苞〈又書後殖傳後〉開頭便說：

> 《春秋》之制義法，自太史公發之，而後之深於文者亦具焉。義即《易》之所謂「言有物」也，法即《易》之所謂「言有序」也。義以為經，而法緯之，然後為成體之文。（《方望溪全集》卷二，商務四部叢刊）

義，指文章內容，法，指形式；義求有物，法求有序；然後為成體之文。我們再看方氏義法的根據，實本《史記》。在〈書史記十表後〉云：

十篇之序，義並嚴密，而辭微約覽者，或不能遽得其條貫，而精法之精變，必於是乎。（同右）

司馬遷所說「義法」，是孔子筆削《春秋》所制定的義例、書法。即文章要符合一定的法則。又，《史記》所謂「王道備、人事浹」云者，即「王道之正，人倫之紀備矣」，由有義以主之。至「義嚴」而「辭微」云者，則指《春秋》筆法，「一字褒貶」，「義」寓於「法」，因文字間如有法以裁之之故。

方氏自述義法之源，遠本於《易》，而近於史遷，其意義亦正與姚永樸《文學研究法·綱領篇》云：「文學之綱領，以義法為首。此二字出於《史記·十二諸侯年表序》。所謂孔子明王道，干七十餘君，莫能用。故西觀周室，論史記舊聞，興於魯，而次春秋。……其文辭治其煩重，則有法以裁之也。……近世古文，自方望溪始講義法，而此二字出於太史公〈十二諸侯年表序〉。」（卷一，頁十九，新文豐）分析義法之意義相同。（言有物，言有序）。方苞將聖賢之經傳，及「紀事之文」、「道古之文」等，都歸於「言有物」（義）的範圍；將文章的布局結構，翦裁等當成「有序」（法），他並且認為「義」是通過「法」來表現，正如《春秋》透過「義例」、「書法」表現微言大義一樣。

大抵望溪處於康熙雍正「宋學」方盛之際，而倡導古文，故與宋學溝通，而欲文與道之合一。後來姚鼐處於乾嘉「漢學」方盛之際，而倡導古文，古文與漢學溝通，而欲與考據與詞章之合一。他們能於舉世不為之時而為古文，又能迎合舉世所為之學以為其古文，桐城文所由成派，而桐城文派之所由風靡一時，當即以此。從另一個角度看，此時桐城古文家較少關心社會，而文章寫作與學術探討，受到較多的關注，成為文學理論的新焦點。（參郭紹虞《中國文學批評史》，頁三六五，台灣商務）

是則，所謂義法云者，必須洞明乎義，始能暗合於法。義為法之根據，法為義之表現，法隨義變，亦從義出，於是義法雖分，可以看作一件事。在〈答申謙書〉云：古文則本經術，而依於事物之理，非中有所得，不可為偽。……古文為世所傳述者，韓子有言：行之乎仁義之途，游之乎詩書之源，茲乃所以能約六經之旨以成文。……世所稱唐宋八家言之韓及曾王，並篤於經學，而淺深廣狹醇駁等差各異矣。（《方望溪先生全集》卷六，四部叢刊）換言之，儒家經典為古文「義」的內容。

講義法，於是法為活法而不是死法，所以他以為「秦周以前，學者未嘗言文，而文之義法無一之不備焉。唐宋以後，步趨繩尺，猶不能無過差。」（見《方望溪全集》卷五，〈書韓退之平淮西碑後〉），簡單講，秦漢以前之文合義法，唐宋以後反是。他又認為義法，法有常法，復有變法，所以他以為《左氏》《韓子》之義法顯然可尋，而太史公則於雜亂而無章者寓焉。（見《方望溪全集》卷二，〈又書貨殖傳後〉）於並無定法以前求義法，於神明變化不可端倪之中求義法，所以他所謂法，常隨意變，不能拘泥求之。在〈書震川文集後〉云：「孔子於艮五爻辭釋之曰：言有序。家人之象系之曰：言有物。凡文之愈久，而傳未有越此者也。震川之文於所謂有序者，蓋庶幾矣。而有物者，則寡焉。又其辭號雅潔。」（同前，卷五）

法與義相合，於是義法之說又可視為「雅潔」之稱之同義詞。沈廷芳〈書方先生傳後〉稱引望溪語云：

> 南宋元、明以來，古來義法不講久矣，吳越間遺老尤放恣，或雜小說，或沿翰林舊體，無雅潔者。」（姚椿《清朝文錄》，六十八，大新書局）

以「雅潔」為意，在劉大櫆《海峯文集．楊黃在文集序》稱揚楊黃在「潛心理奧，非好學深思，不能以心知其意也。其他序記傳誌之作，皆雅潔可誦」（《海峯文集》卷四，上海古籍《續修四庫全書》本）

據是，便可看出文之雅潔由於講義法，而義法之標準也即在雅潔，下文再舉出具體的例謂：

> 古文中不可入語錄中語，魏晉六朝人藻麗俳語，漢賦中板重字法，詩歌中雋語，南北史佻巧語。（同前）

即因古文中用了這些語，便有妨礙文之雅潔的可能。呂璜所纂吳德旋著，呂璜述《初月樓古文緒論》中也說：

> 古文之體忌小說，忌語錄，忌詩話，忌時文，忌尺牘，此五者不去，非古文也。（頁十九，北京人民文學出版社）

桐城派之異於其他古文家，原在這一點，這是所謂「雅潔」的一種意義。此種意義，實即從明代「秦漢派」摹擬古人語言之法轉變得來。在《初月樓古文緒論》更進一步說：「國初如汪堯峯文，非同時諸家所及，然詩話尺牘氣尚未去淨，至方望谿乃盡淨耳。詩賦字雖不可有，但當分別言之：如漢賦字句，何嘗不可用？六朝綺靡，乃不可也。正史字句，亦自可用，如《世說新語》等太雋者，則近乎小說矣。公牘字句，亦不可闌入者」（同上，頁十九）

此外，「雅潔」的另一種含義，便是謹嚴樸質、利落浮辭之謂。其〈書柳文後〉所指斥柳子厚文之病，有所謂「辭繁而蕪，句佻且稚」者，（《方望溪文集》卷五），所謂佻稚，便是不合上文所述的「雅潔」的意義；所謂繁蕪，便是不合現在所說的「雅潔」的另一含義。其〈書歸震川文集後〉

云：「又其辭號『雅潔』，仍有近俚而傷於繁者」。（《方望溪文集》卷五）。近俚即不合前者的標準，傷於繁即不合後者的標準。所以他所謂的「雅潔」，於刊除俚語、俳語、雋語、佻語，及二氏語之外，更須刊落浮辭，蕪辭。

因此，我們說方氏義法之說有二重意義：分析言之，則「義」是學與理的問題，而「法」屬文。綜合言之，則「義法」又是學古之途徑。也可稱為古文的標準。後來，劉海峰重在後一義，專就文的方面發揮，而義法之說遂為具體化。

乙、劉大櫆（1698-1780）義法說的具體化

劉大櫆是方苞同鄉（桐城人），字耕南，一字才甫，號海峰。嘗於康熙末年至北京，攜所作文往謁方苞，方苞閱讀後驚嘆不止，將之介紹與京師文壇，因而聞名，並此建立師生關係。後來姚鼐（1731-1815）又與之游，以是遂有「桐城派」之目。他可以說，是方、姚之間的聯繫。方重在道，劉重在文，而姚則兼擅其美。方局於唐、宋，劉出入諸子，而姚亦兼取其長，後人之論桐城文者，往往稱方、姚，而摒棄海峰，這是不公平之論。

義理是方、姚文論的中心，而在海峰並不如此；海峰謂義理是材料，而不是能事。能事應當在神氣音節中求，於是神氣音節中求行文能事，於是義法之說，便成為具體化了。

海峰文論之中最重的部分，即在《論文偶記》。而《論文偶記》所說，即是重在能事方面。如云：

行文之道，神為主，氣輔之。曹子桓、蘇子由論文，以氣為主，是矣。然氣隨神轉。神渾則氣灝，神遠則氣逸，神偉則氣高，神變則氣奇，神深則氣靜，故神為氣之主。至專以理為主者，則未盡其妙也。蓋人不窮理讀書，則出詞鄙陋空疏。人無經濟，則言雖累牘，不適于用。故義理、書卷、經濟者，行文之實。……故文人者，大匠也。義理、書卷、經濟者，匠人之材料也。（劉大櫆《論文偶記》頁三，北京人民文學出版社，下引同）

這一節話很精。義理，即望溪之所謂道；書卷，也相當於後來惜抱之所謂考據；經濟又是袁枚、曾國藩所提到的，他們不是欲合詞章、義理，考據而為一，即合詞章、義理、經濟而為一，但他則完全撇開不談，他以為「作文本以明義理、適世用，而明義理、適世用，必有待於文人之能事。」（《論文偶記》頁四）

因此，他不講材料，而講能事。能事分成幾個步驟：一神氣，「文之最精處也」（《論文偶記》頁六），二音節，「文之稍粗處也」（同上）。三字句，「文之最粗處也」（同上）。此三者關係。「音節者，神氣之迹也。字句者，音節之矩也。神氣不可見，於音節見之，音節無可準，以字句準之。」（頁六）所以他所謂的精粗，用現在的話來說，實在存些近於抽象具體的意義。

神氣

「神氣者，文之最精處也。」，又說：「神只是氣之精處」（頁四），那即是說，神比氣更為抽象。又說：「神者，氣之主，氣者，神之用」（頁四）。表示神氣體用的關係。

海峰所謂神，都是從熟讀涵詠體會得來。不過涵詠體會仍令人無入手之處，於是再由神氣講到音節字句，以使抽象理論之具體化。音節字句是以前望溪所不大提到，以後惜抱僅或提到的問題，而海峰於此大加闡說，欲由音節問題以使聲之高下皆宜，由字句問題，以使言之短長皆宜，都從極淺近具體的地方入手，以進窺古人文法高妙之處，這是海峰文論之特點。以後林紓《春覺齋論文·氣勢》云：「文之雄健，全在氣勢。氣不王，則讀者固索然，勢不蓄，則讀之亦易盡。故深於文者，必斂氣而蓄勢。」（頁七六，北京人民文學出版社）發揮氣勢的意涵。並且說：「理足者神始王，法精者明始徹，文中雖未見氣勢，胸中已具有氣勢矣。」（同上，頁七七）也說明氣與神的關係。

音節

「音節者，神氣之迹也」，「神氣不可見，於音節見之」（頁六），所以他說：「音節高則神氣必高，音節下則神氣必下」（頁六），求神氣於音節，而神氣可有著手之處。

字句

「字句者，音節之矩也」，「音節無可準，以字句準之」，所以他說：「一句之中或多一字，或少一字；一句之中或用平聲，或用仄聲；同一平字仄字，或用用陰平陽平、上聲、去聲、入聲，則音節迴異。」再求音節於字句，而音節也變為比較具體的方法。明代擬古主義「秦漢派」文人，知道重在字句方面，然而只成剽竊，即因他摹擬其跡，而不是由字句以定音節，由音節以窺神氣的關係。明代「唐宋派」（歸有光派）的文人，知道重在神氣方面，然而又只成為死法，又因虛構其神，而不是求神氣於音節，求音節於字句的關係。……所以，桐城派文人在音節字句上以體會古人之神氣，則學古有途徑可循；同時再在音節字句以體驗己作之是否合於古，於是作文也有方法可說。以此「積字成句，積句成章，積章成篇。合而讀之，音節見矣；歌而詠之，神氣出矣。」

這樣的論文，下啟姚（鼐）、曾（國藩），而以曾國藩的主張為最有關係，我們先看曾文正公一些話：

「古文之法，全在氣字上用功夫。」（《日記》頁五二，收在《曾文正公全集》，世界書局）

又：

「為文全在氣盛，欲氣盛全在段落清。每段分束之際，似斷不斷，似咽非咽，似吞非吞，似吐非吐，古人無限妙境，難於領取。」（同右，頁五三）

又：

「大抵作字及作詩古文，胸中須有一段奇氣，盤結於中，而達之筆墨者，却須遏抑掩蔽，不令過露，乃為深至。」（同右，頁六二）

皆為曾文正公所言。而劉大櫆《論文偶記》云：

「凡行文多寡短長抑揚高下，無一定之律，而有一定之妙，可以意會而不可以言傳。學者求神氣而得之于音節，求音節而得之于字句，則思過半矣。其要只在讀古人文字時，便設以此身代古人說話，一吞一吐，皆由彼而不由我。爛熟後，我之神氣即古人之神氣，古人之音節都在我喉吻間，合我喉吻者，便是與古人神氣相似處，久之，自然鏗鏘發金石。」

（《論文偶記》頁十二）

可知曾國藩的方法，全由此處得來。

桐城文人於音節字句中講作文法，故不必泥於起伏照應；又於音節中求合語文法，故不妨自鑄新詞，不必落於剽竊，這是桐城文的成功。蓋昔人寫文，不用標點符號，又不能分段分行，於是只有在文章中間，注意這些問題。必須在文辭的組織上有可以代替標點符號的作用，有可以代替分段分行寫的作用，使始能使人一覽了然，桐城人的文章所以能通順，即因注意這些問題。

丙、姚鼐（1731-1815）主義理、考證、文章合

姚鼐，字姬傳，以書齋名惜抱軒，世稱惜抱先生，安徽桐城人。姚氏為桐城世族，伯父範，號薑塢，官編修，以學行名於時，受文法於劉大櫆（海峰），大櫆受業於望溪。乾隆二十八年進士，官刑部郎中，充《四庫全書》纂修官，不足兩年，辭官歸里。著有：《惜抱先生尺牘》、《惜抱軒全集》等。

姚氏論文不必復標義法之說，而所言無不與義法合。蓋方氏專就作品言義法，姚氏則兼就作者言，故進於義法而言天人。此其一，又，即就作品論之，方氏以雜文學的見解論文，故專指散體古文；姚氏則以純文學的見解論文，故其義可兼通於詩，因此，方氏言義法，而姚氏則超於義法而言道藝，此其二。再有，即就散體古文論之，義法之說仍本於昔人文道合一之論，姚氏則擴充了方氏的範圍，而兼重考據，故不必言義法而言意與氣，此其三。「天與人一」，「道與義合」之說，固是超於義法的義法；即「意與氣相御而為辭」之說，也較義法為抽象。這是方、姚的不同之點，同時也即是惜抱所以能使義法之說成為抽象化之故。

天與人一

這樣講天與人，其理可通於詩。故他〈敦拙堂詩集序〉中也論及此，他說：

> 言而成節，合乎天地自然之節，則言貴矣。其貴也，有全乎天者焉，有因人而造乎天者焉。……夫文者藝也，道與藝合，天與人一，則為文之至。（《惜抱軒詩文集》卷四，四部叢刊）

蓋由詩與文的性質言，文重在學，以人為的工力為多；詩重在才，有時猶可只憑天分。最後要達到「藝與道合」、「天與人一」的境界。在〈荷塘詩集序〉云：「夫詩之至善者，文與質備，道與藝合。」（《惜抱軒詩文集》卷四）之意。不僅如此，在〈復汪進士輝祖書〉有：「夫古人之文，豈第文焉而已，明道義、維風俗，以詔世者。」（同上，卷六）表明文章要與風俗、道德結合。

陽剛陰柔之說

陽剛陰柔之說莫詳於〈復魯絜非書〉：

鼐聞天地之道，陰陽剛柔而已。文者，天地之精英，而陰陽剛柔之發也。唯聖人之言，統二氣之會而弗偏，然而《易》《詩》《書》《論語》所載，亦間有可以剛柔分矣。值其時其人告語之體，各有宜也。自諸子而降，其為文無弗有偏者，其得於陽與剛之美者，則其文如霆、如電、如長風之出谷、如崇山峻崖、如決大川、如奔騏驥；其光也，如杲日、如火、如金鏐鐵；其於人也，如馮高視遠、如君而朝萬眾，如鼓萬勇士而戰之。其得於陰與柔之美者，則其文如升初日，如清風、如雲、如霞、如煙、如幽林曲澗、如淪、如漾、如珠玉之輝、如鴻鵠之鳴而入寥廓。其於人也，漻乎其如歎，邈乎其如有思，暖乎其如喜，愀乎其如悲。觀其文，諷其音，則為文者之性情形狀，舉以殊焉。且夫陰陽剛柔，其本二端，造物者糅而氣有多寡，進絀則品次億萬，以至於不可窮，萬物生焉。故曰一陰一陽之為道。夫文之多變亦若是已！糅而偏勝可也。偏勝之極，一有一絕無，與夫剛不足為剛，柔不足為柔者，皆不可以言文。今夫野人孺子，聞樂，以為聲歌絃管之會爾，苟善樂者聞之，則五音十二律，必有一當，接於耳而分矣。夫論文者，豈異於是乎？（《惜抱軒詩文集》卷六）

將上文大意表列：

陽剛
- Ⅰ其文：如霆、電，長風出谷；崇山峻崖，決大川；奔騏驥
- Ⅱ其光：如杲日，火，金鏐鐵
- Ⅲ其於人：如馮視遠，君而朝萬眾，鼓萬勇士而戰之

陰柔
- Ⅰ其文：如清風，雲，霞，煙，幽林曲澗，淪、漾、鴻鵠之鳴入寥廓
- Ⅱ其光：如升初日，珠玉之輝
- Ⅲ其於人：如歎，有所思，如喜，如悲

陰陽剛柔之精，雖可以為文章之美，而過於偏勝，一有一絕無，則也不可以言文，所以又有賴於調劑，調劑則陽剛陰柔之美，始益以顯著。陽剛陰柔，出于天賦，調劑之功，則在人為。

義理、考證、文章合一

在〈述庵文鈔序〉云：

> 余嘗論學問之事，有三端焉。曰義理也，考證也，文章也。是三者苟善用之，則皆足以相濟；苟不善用之，則或至於相害。今夫博學強識而善言德行者，固文之貴也；寡聞而淺識者，固文之陋也。然而世有言義理之過者，其辭蕪雜俚近如語錄而不文。為考證之過者至繁碎繳繞而語不可了當。以為文之至美而反以為病者；何哉？其故由於自喜之太過，而智昧於所當擇也。夫天之生才雖美，不能無偏，故能以兼長者為貴，而兼之中又有害焉。豈非能盡其天之所與之量，而不以才自蔽者之難得與。（《惜抱軒詩文集》卷四）

以義理、考證、文章三者合一，強調三者兼能的可貴。當然，兼長亦有其弊病。有關義理、考證、文章三者合一，應是乾嘉時候的許多學者的想法。除了姚鼐外，包括前面提到的翁方綱（1733-1818），以及段玉裁（1735-1815）在〈戴東原（震，1723-1777）集序〉（《戴東原集》，上海商務）所謂：「熟乎義理，而後能考覈，能文章。」也都是類似的說法。

丁、曾國藩（1811-1872）古文與駢體通

曾國藩，字滌生，號伯涵，湖南湘鄉人，所著有《曾文正公全集》。他是桐城派漸趨式微的鉅子，其論文極推崇姚鼐，他的〈聖哲畫像記〉於清代學者中僅舉顧亭林（1613-1682）、秦蕙田（1702-1764）、姚姬傳（1731-1815）、王念孫（1744-1832）四人，以之與周公、孔子並列，並謂「國藩之粗解文章，由姚先生啟之也。」傾倒之忱，於此可見。

古文與駢體通

曾國藩《日記》云：「古文之道，與駢體相通。」此為曾氏論文一大特點，故其論文，每每從字句聲色間求之。《家訓》〈諭紀澤〉云：

> 吾觀漢魏文人，有二端最不可及。一曰訓詁精確，二曰聲調鏗鏘。說文訓詁之學，自中唐以後，人多不講。宋以後說經，尤不明訓詁，及至我朝巨儒，始通小學。段茂堂王懷祖兩家，遂精研乎古人文字聲音之末，乃知《文選》中古賦所用之字，無不典雅精當。（曾國藩《曾文正公全集》、《家訓》，頁十三，世界書局）

《家訓》〈諭紀澤〉又云：

余觀漢人詞章，未有不精於小學訓詁者，如相如、子雲、孟堅，於小學皆專著一書，《文選》於此三人之文，箸錄亦最多。余於古文，志在效法此三人，并司馬遷、韓愈五家，於此五家之文，精於小學訓詁，不妄下一字也。（同右，頁二八）

可見曾國藩對於古文，志在效法司馬相如、揚雄、班固及司馬遷、韓愈五家。並以小學為經史詞章之本。又其論造句、選字者如：

雄奇以行氣為上，造句次之，選字又次之，然未有文不古雅而句能古雅，句不古雅而氣能古雅者。亦未有字不雄奇，而句能雄奇。不雄奇而氣能雄奇者。是文章之雄奇，其精處在行氣，其麤處全在造句選字也。余好古人雄奇之文，以昌黎為第一，揚子雲次之。二公之行氣，本之天授，至於人事之精能，昌黎則造句工夫多，子雲則造字之工夫居多。（同右，頁十六）

可知造句選字是使古文雄奇的重要關鍵。在諭紀澤《家訓》中，提到古人文章門徑說：

行氣為文章第一義，卿雲之跌宕，昌黎之倔強，尤為行氣不易之法。爾宜先於韓公倔強處，揣摩一番。（同右，頁三一）

又，

世人論文家之語，圓而藻麗者，莫如徐陵、庾信，而不知江淹、鮑照則更圓，進之沈約、任昉則亦圓，進之潘岳、陸機則亦圓，又進而溯之東漢之班固、張衡、崔駰、蔡邕則亦圓，又進而溯而西漢之賈誼、鼂錯、匡衡、劉向則亦圓。至於馬遷、相如、子雲三人，可謂力趨險奧，不求圓適矣，而細讀之，亦未始不圓。至於昌黎，其志意直欲凌駕子長、卿、雲三人，戛戛獨造，力避圓熟矣，而久讀之，實無一字不圓，無一句不圓。（同右，頁十四）

以字句圓適論古文。而圓適即在於選字造句的適當。

曾國藩言陰陽剛柔，本於惜抱

曾國藩在《日記》上說：

吾嘗取姚姬傳先生之說，文章之道，分陽剛之美，陰柔之美。大抵陽剛者，氣勢浩翰，陰柔者，韻味深美。浩翰者，噴薄而出之，深美者，吞吐而出之。就吾所分十一類言之（案：指《經史百家雜鈔》），論著類、詞賦類宜噴薄，序跋類、宜吞吐，奏議類、哀祭類宜噴薄，詔令類、書牘類宜吞吐，傳誌類、敘記類宜噴薄，典志類、雜記類宜吞吐。其一類中微有區別者，如哀祭類，雖宜噴薄，而祭郊社、祖宗，則宜吞吐；詔令類、雖宜吞吐，而檄文則宜噴薄；書牘類雖宜吞吐，而論事則宜噴薄；此外各類，皆可以是意推之。（《日記》，庚申三月，收在《曾文正公全集》，頁五三，世界書局）

又，在〈聖哲畫像記〉云：

西漢文章，如子雲、相如之雄偉，此天地遒勁之氣，得於陽與剛之美者也，此天地之義氣也；劉向、匡衡之淵懿，此天地溫厚之氣，得於陰與柔之美者也，此天地之仁氣也。東漢以還，淹雅無慚於古，而風骨少隤矣。韓柳有作，盡取揚馬之雄氣萬變，而內之於薄物小篇之中，豈不詭哉！歐陽氏、曾氏皆法於韓公，而體質於匡、劉為近。文章之變，莫可窮詰，要之，不出此二途，雖百世可知也。（《曾文正公全集》，頁一二一，收在《曾文正公全集》，同右）

曾國藩《日記》（《日記》，頁五）有古文八字訣，所謂雄、直、怪、麗、澹、遠、茹、雅是也。後以音響節奏，須一和字為主，因將澹字改作和字。定為陽剛之美，為天地義氣，曰雄直怪麗，陰柔之美，為天地仁氣，曰茹遠潔適，各作十六字贊之，錄於次：

雄——劃然軒昂，盡棄故常，跌宕頓挫，捫之有芒。

直——黃河千曲，其體仍直，山勢如龍，轉換無迹。

怪——奇趣橫生，人駭鬼眩，易玄山經，張韓互見。

麗——青春大澤，萬卉初葩，《詩》《騷》之韻，班揚之華。

茹——眾義輻湊，吞多吐少，幽獨咀含，不求其曉。

遠——九天俯視，下界聚蚊，寤寐周孔，落落寡群。

潔——冗意陳言，纇字盡芟，慎爾褒貶，神人共監。

適——心境兩閒，無營無待，柳記歐跋，得大自在。（《日記》，頁五四）

《日記》中，論《史記》及韓文諸篇，分析較詳，皆有條貫。在《日記》中云：悟昌黎諸文，皆學《書經》。又云：韓文之妙，實從子雲、相如得來。又云：悟韓文實從揚、馬得來。（皆見於《日記，文藝》，頁五五）文正公又有《十八家詩鈔》，與《經史百家雜鈔》，同為有名選本。

結語

清代的文學，是中國文學的總集，而清代文學理論，亦兼含中國文學理論的思想。自古以來，以孔子為中心的儒學觀，經過兩漢，魏晉，而唐宋、明清，表面上好像儒道與形式主義互相消長，其實，大部分的時間，都是重儒道的理論獲得勝利，主要原因，中國傳統的讀書人的希望是「學而優則仕」，於是中國傳統的文學，便偏於政治教化的功能。即使中國第一部存系統的文學批評論著《文心雕龍》，所謂一面講「文心」（儒道），一面講「雕龍」（形式美），事實上，在前面的篇章：〈原道〉、〈徵聖〉、〈宗經〉，更披露了自古以來對聖賢的尊敬。到了清朝，桐城古文興起，至民國的「五四」白話文運動，事實上，證明了古文系統有它存在的意義，除了用字簡潔外，「言有物」，「言有序」，不至變成無病呻吟，腐化社會的包袱；但，站在文學是藝術的角度來看，過分的強調文學重道的意義，也使文字喪失了活力。我們贊成文學作品要求真、求善、求美；不正確、錯誤的渲染，固然有害世道人心，我們必須嚴厲禁止，但過分的重視道德傳統，亦會使活潑的生命枯萎。在我個人的想法中，在文學作品中，有真意，有善意，有美意的（不一定三者具備，但文學家，至少在內在心靈有此理念），才能創作一流的作品。

在詩方面，到了清朝，不管是承襲明代擬古風氣的作家（如吳偉業、王夫之），或由擬古而脫胎的神韻，格調說，承公安三袁的性靈說，其實也是結集前人的學術、文學思想而成的。而肌理派等，其實並受到當時學術思想（樸學）很深的影響。不管怎麼說，詩人要有真誠的情感為基礎，以格律、格調為要求，借助空靈的心境，或者表現飄渺的意境，或者表達所見景物、反映社會現象等等，才是詩作的正軌。

至於古文文論方面，自從桐城派方苞、劉大櫆等人提出了具體的「古文義法」主張，「言有物」、「言有序」，追求古文雅潔，成為古文文論的重點。古文家更由字句、音節，探求古文的神氣、氣勢，對於古文文論達到很高的成就。至於把「言有物」、「言有序」與傳統「詩言志」連結起來，站在傳統儒家思想的角度，是可以理解的。

附錄

清代名人年里碑傳簡表

（參姜亮夫《歷代名人年里碑傳總表》1970年台灣商務）

姓名	字號	籍貫	出生年				卒年				出處：《碑傳集》等
王原祁	茂京	江蘇太倉	明思宗	崇禎	十五	一六四二	清聖祖	康熙	五四	一七一五	《碑傳集》二十
吳雯	天章	山西蒲州	清世祖	順治	元	一六四四		康熙	四三	一七〇四	《碑傳集》一百三十八
王式丹	方若	江蘇寶應		順治	二	一六四五		康熙	五七	一七一八	《碑傳集》四十七
高士奇	澹人	浙江錢塘		順治	二	一六四五		康熙	四三	一七〇四	
彭定求	勤止	江蘇長洲		順治	二	一六四五		康熙	五八	一七一九	《碑傳集》四十四
王鴻緒	字季友號儼齋	江蘇華亭		順治	二	一六四五	世宗	雍正	元	一七二三	《碑傳集》二十一〈張伯行戶部尚書王公墓誌銘〉
潘耒	次耕	江蘇吳江		順治	三	一六四六		康熙	四七	一七〇八	《碑傳集》四十五
顧藻	懿樸號觀廬	長洲		順治	三	一六四六		康熙	四〇	一七〇一	
金世鑑	萬含	鐵嶺		順治	四	一六四七		康熙	二九	一六九〇	《碑傳集》二十
姚際恆	立方又字源首	安徽桐城		順治	四	一六四七					閻百詩云少余十一歲今以百詩生崇禎九年丙子推之
張雲章	漢瞻	嘉定		順治	五	一六四八		雍正	四	一七二六	
劉獻廷	繼莊	江蘇吳江		順治	五	一六四八		康熙	三四	一六九五	《碑傳集》一百二十
王源	崑繩	順天大興		順治	五	一六四八		康熙	四九	一七一〇	《碑傳集》一百三十九
帥我	備皆	奉新		順治	五	一六四八		雍正	三	一七二五	
楊中訥	耑木	浙江海寧		順治	六	一六四九		康熙	五八	一七一九	查慎行撰墓志
馮廷櫆	大木	德州		順治	六	一六四九		康熙	三九	一七〇〇	《帶經堂集》

王樹穀	無我	仁和	清世祖	順治	六	一六四九		雍正			以書款雍正八年署年八十二推之
張鵬翮	運青	先麻城籍途寧		順治	六	一六四九		雍正	三	一七二五	《碑傳集》二十二
查慎行	夏仲	浙江海寧		順治	七	一六五〇		雍正	五	一七二七	《碑傳集》四十七
臧琳	玉林	江蘇武進		順治	七	一六五〇		康熙	五二	一七一三	《碑傳集》一百三十一
張伯行	孝先	儀封		順治	八	一六五一		雍正	三	一七二五	《碑傳集》十七
查嗣瑮	德尹	浙江海寧		順治	九	一六五二		雍正	一一	一七三三	《碑傳集補》八
陳元龍	廣陵	浙江海寧		順治	九	一六五二	高宗	乾隆	元	一七三六	
戴名世	南山	安徽桐城		順治	一〇	一六五三		康熙	五	一七一三	《碑傳集補》八
納蘭性德	容若	滿洲正黃旗		順治	一一	一六五五		康熙	二四	一六八五	《碑傳集》一百二十八
徐元夢	蝶園	滿洲正白旗		順治	一二	一六五五		乾隆	六	一七四一	《碑傳集》二十二
湯右曾	西厓	浙江仁和		順治	一三	一六五六		康熙	六一	一七二二	
孔毓圻	鍾在	山東曲阜		順治	一四	一六五七		雍正	元	一七二三	《孔氏譜》
汪士鋐	文升	江蘇長洲		順治	一五	一六五八		雍正	元	一七二三	《碑傳集》四十七
曹寅	楝亭	漢軍正白旗		順治	一五	一六五八		康熙	五一	一七一二	
李塨	剛主	直隸蠡縣		順治	一六	一六五九		雍正	一一	一七三三	《碑傳集》一百四十
洪昇	昉思	錢塘		順治	一六	一六五九		康熙	四三	一七〇四	

鄭元慶	芷畦	浙江歸安	清世祖	順治	一七	一六六〇		雍正			《碑傳集》一百三十三
陳書	南樓	秀水		順治	一七	一六六〇		乾隆	元	一七三六	錢陳郡母《碑傳集》一百四十九
何焯	屺瞻號茶仙	長洲		順治	一八	一六六一		康熙	六一	一七二二	《碑傳集》四十七學者稱義門先生
史申義	叔時	江蘇江都		順治	一八	一六六一					
趙執信	申符	山東益都		康熙	元	一六六二		乾隆	九	一七四四	《碑傳集》四十五
陳鵬年	北溟	湖南湘潭		康熙	二	一六六三		雍正	元	一七二三	《碑傳集》七十五〈張伯行皇清誥授通議大夫總督河道兵部右侍郎諡恪勤陳公墓誌銘〉
朱軾	若瞻	江西高安		康熙	四	一六六四	高宗	乾隆	元	一七三六	
方舟	百川	桐城人籍上元		康熙	四	一六六五		康熙	四〇	一七〇一	《碑傳集》一百三十九
王澍	若林	江蘇金壇		康熙	七	一六六八		乾隆	八	一七四三	《金壇志》云年七十二
方苞	靈皋	桐城		康熙	七	一六六八		乾隆	一四	一七四九	《碑傳集》二十五《鮚埼亭集》學者稱望溪先生
黃之雋	㡳堂	休寧人徒華亭		康熙	七	一六六八		乾隆	一三	一七四八	《㡳堂集》〈王永祺跋〉
楊守知	次也	浙江海寧		康熙	八	一六六九		雍正	八	一七三〇	
顧嗣立	俠君	長洲		康熙	八	一六六九		康熙	六一	一七二二	〈行狀〉
朱緗	子青	高唐		康熙	九	一六七〇		康熙	四六	一七〇七	
惠士奇	天牧	江蘇吳縣		康熙	九	一六七〇		乾隆	六	一七四一	自號牛農人學者稱紅豆先生

陳夢雷	省齋	閩縣						乾隆	六	一七四一	《碑傳集》四十四
王符	徵遠號滇波	福山		康熙	一〇	一六七一		乾隆	七	一七四二	《碑傳集》四十二
黃叔琳	崑圃	順天大興		康熙	一一	一六七二		乾隆	二一	一七五六	《碑傳集》六十九
張廷玉	衡臣	安徽桐城		康熙	一一	一六七二		乾隆	二〇	一七五五	《碑傳集》二十二
高其佩	且園	漢軍鑲白旗						雍正	一二	一七三四	《清史列傳》
李紱	巨來	臨川		康熙	一二	一六七三		乾隆	一五	一七五〇	《鮚埼亭集》學者稱穆堂先生
沈德潛	確士	江蘇長洲		康熙	一二	一六七三	高宗	乾隆	三四	一七六九	
王時翔	抱翼	鎮洋		康熙	一四	一六七五		乾隆	九	一七四四	《碑傳集》一百
方世舉	扶南	安徽桐城		康熙	一四	一六七五		乾隆	二四	一七五九	《碑傳集補》四十五
吳焯	尺鳧又字濛谷	歙人		康熙	一五	一六七六		雍正	一一	一七三三	《碑傳集補》四十五
高其倬	章之	漢軍鑲白旗		康熙	一五	一六七六		乾隆	三	一七三八	
鄂爾泰	西林	滿洲		康熙	一六	一六七七		乾隆	一〇	一七四五	《碑傳集》二十二
顧棟高	復初	江蘇無錫		康熙	一八	一六七九		乾隆	二四	一七五九	
王蘭生	振聲號坦齋	交河		康熙	一八	一六七九		乾隆	二	一七三七	《碑傳集》二十五
程夢星	伍喬	江都		康熙	一八	一六七九		乾隆	二〇	一七五五	

浦起龍	二田	江蘇無錫		康熙	一八	一六七九					以乾隆辛巳年八十三推之
藍鼎元	玉霖	漳浦		康熙	一九	一六八〇		雍正	一一	一七三三	《碑傳集》一百
徐正誼	子方	嘉善		康熙	一九	一六八〇		乾隆	七	一七四二	
宋筠	蘭揮	河南商丘		康熙	二〇	一六八一		乾隆	二五	一七六〇	《碑傳集》六十九
孫嘉淦	錫公	山西太原		康熙	二一	一六八二		乾隆	一七	一七五二	《碑傳集》二十六
史貽直	儆絃	溧陽		康熙	二一	一六八二		乾隆	二八	一七六三	《碑傳集》二十六
趙殿成	武韓	浙江仁和		康熙	二二	一六八三		乾隆	二一	一七五六	杭世駿撰〈墓志〉
黃任	莘田	福建永福		康熙	二二	一六八三		乾隆	二四	一七五九	
高南阜				康熙	二二	一六八三					
華嵒	德嵩	福建閩縣		康熙	二三	一六八四					
張庚	浦山	秀水		康熙	二四	一六八五		乾隆	二五	一七六〇	
沈起元	子大	江蘇太倉		康熙	二四	一六八五		乾隆	二八	一七六三	《碑傳集》八十四
錢陳群	主敬	嘉興		康熙	二五	一六八六		乾隆	三九	一七七四	《碑傳集》二十四
岳鍾琪	號容齋字東美	先臨洮籍成都		康熙	二五	一六八六		乾隆	一九	一七五四	《碑傳集》一百十六
鄒一桂	原褒	江蘇無錫		康熙	二五	一六八六		乾隆	三七	一七七二	《碑傳集》三十三
李鍇	鐵君	奉天鐵嶺		康熙	二五	一六八九		乾隆	二〇	一七五五	《碑傳集》三十七

金農	壽門	仁和		康熙二六	一六八七		乾隆二九	一七六四	以乾隆丙子年七十推之
黃愼	躬懋	寧化		康熙二六	一六八七				
張鵬翀	天扉	江蘇嘉定		康熙二七	一六八八		乾隆一〇	一七四五	
馬曰琯	秋玉	揚州		康熙二七	一六八八		乾隆二〇	一七五五	
盧見曾	抱孫號澹園	德州		康熙二九	一六九〇		乾隆三三	一七六八	《碑傳集補》十七
程廷祚	綿莊	江蘇上元		康熙三〇	一六九一		乾隆三二	一七六七	《碑傳集》一百三十三
尹會	元孚一名會一	直隸博野		康熙三〇	一六九一		乾隆一三	一七四八	《碑傳集》二十九
迮雲龍	耕石	江蘇吳江		康熙三〇	一六九一		乾隆二五	一七六〇	
吳嚳	粟原			康熙三〇	一六九一		乾隆三七	一七七二	《碑傳集補》五十六
厲鶚	太鴻	浙江錢塘		康熙三一	一六九二		乾隆一七	一七五二	
汪由敦	師敏	安徽休寧		康熙三一	一六九二		乾隆二三	一七五八	《碑傳集》二十七
張甄陶	希周			康熙三二	一六九三		乾隆四五	一七八〇	《碑傳集》一百八
查為仁	心穀	宛平		康熙三二	一六九三		乾隆一四	一七四九	《碑傳集補》四十五
鄭燮	克柔	江蘇興化		康熙三二	一六九三		乾隆三〇	一七六五	《碑傳集》一百三
丁敬	敬身	浙江錢塘		康熙三四	一六九五		乾隆三〇	一七六五	《道古堂集》
桑調元	伊佐	浙江錢塘		康熙三四	一六九五		乾隆三六	一七七一	

李方膺	虬仲	江蘇通州		康熙	三四	一六九五		乾隆	一九	一七五四	《小倉山房集》
杭世駿	大宗	浙江仁和		康熙	三五	一六九六		乾隆	三八	一七七三	
胡天游	稚威	浙江山陰		康熙	三五	一六九六		乾隆	二三	一七五八	
尹繼善	望山	滿洲		康熙	三五	一六九六		乾隆	三六	一七七一	《碑傳集》二十七
陳宏謀	汝咨、榕門	廣西桂林		康熙	三五	一六九六		乾隆	三六	一七七一	《碑傳集》二十七
方天游	本姓胡、一名騤、字稷威	山陰		康熙	三五	一六九六		乾隆	二三	一七五八	《碑傳集》一百四十
嘉棟	定宇號松厓	江蘇元和		康熙	三六	一六九七		乾隆	二三	一七五八	
沈鳳	凡民	江陰									《小倉山房集》
梁詩正	薌林	浙江錢塘		康熙	三六	一六九七		乾隆	二八	一七六三	《碑傳集》二十七
曹學詩	震亭	安徽歙縣		康熙	三六	一六九七		乾隆	三八	一七七三	《碑傳集》一百五
夏之蓉	醴谷	江蘇高郵		康熙	三七	一六九八		乾隆	五〇	一七八五	茹敦和集
劉大櫆	海峰	安徽桐城		康熙	三七	一六九八		乾隆	四五	一七八〇	《碑傳集》一百十二
法坤宏	直方	山東膠州		康熙	三八	一六九九		乾隆	五〇	一七八五	《碑傳集》一百三十三
劉統勳	爾鈍	諸城		康熙	三八	一六九九		乾隆	三八	一七七三	《碑傳集》二十七
曹庭棟	六圃			康熙	三八	一六九九		乾隆	五〇	一七八五	
沈大成	學子	江蘇華亭		康熙	三九	一七〇〇		乾隆	三六	一七七一	《碑傳集》一百四十一

陳兆崙	星齋	浙江錢塘		康熙	三九	一七〇〇		乾隆	三六	一七七一	《郭麐靈芬館集》
商盤	寶意又蒼雨	浙江會稽		康熙	四〇	一七〇一		乾隆	三二	一七六七	或作年五六生康熙五十年
吳穎芳	西林	浙江仁和		康熙	四〇	一七〇一		乾隆	四六	一七八一	《碑傳集》一百四十一
金德瑛	檜門	浙江仁和		康熙	四〇	一七〇一		乾隆	二七	一七六二	《碑傳集》三十一
彭啓豐	芝庭	江蘇長洲		康熙	四〇	一七〇一		乾隆	四九	一七八四	《碑傳集》三十五
吳敬梓	敏軒	安徽全椒		康熙	四〇	一七〇一		乾隆	一九	一七五四	
閔素		石門		康熙	四〇	一七〇一		乾隆	二二	一七五七	《碑傳集》一百五十有《醉鶴齋詩鈔》
秦蕙田	樹灃	江蘇金匱		康熙	四一	一七〇二		乾隆	二九	一七六四	
沈延芳	畹叔	浙江仁和		康熙	四一	一七〇二		乾隆	三七	一七七二	《碑傳集》八十四
金甡	雨叔	浙江仁和		康熙	四一	一七〇二		乾隆	四七	一七八二	《碑傳集》三十五
姚範	薑塢	安徽桐城		康熙	四一	一七〇二		乾隆	三六	一七七一	
齊召南	次風號息園	浙江天台		康熙	四二	一七〇三		乾隆	三三	一七六八	《碑傳集》三十一
全祖望	紹衣	浙江鄞縣		康熙	四四	一七〇五		乾隆	二〇	一七五五	學者稱謝山先生
王又曾	受銘	浙江秀水		康熙	四五	一七〇六		乾隆	二七	一七六二	
申甫	及甫	浙江西安		康熙	四五	一七〇六		乾隆	四三	一七七八	
江昱	賓谷號松泉	江蘇江都		康熙	四五	一七〇六		乾隆	四〇	一七七〇	儀徵

孫景烈	孟揚一字競若學者稱西峰先生	武功		康熙	四五	一七〇六		乾隆	四七	一七八二	《碑傳集》四十八
汪師韓	韓門	浙江錢塘		康熙	四六	一七〇七		乾隆			《碑傳集》補八
錢載	坤一	浙江秀宗		康熙	四七	一七〇八		乾隆	五八	一七九三	《碑傳集》三十六
張汝霖	芸墅	宣城		康熙	四八	一七〇九		乾隆	三四	一七六九	
嵆璜	尚佐	江寧		康熙	五〇	一七一一		乾隆	五九	一七九四	
裘日修	叔度	江西新建		康熙	五一	一七一二		乾隆	三八	一七七三	
萬光泰	循初	秀水		康熙	五一	一七一二		乾隆	一五	一七五〇	《碑傳集》一百三十三
張若靄	晴嵐	中城		康熙	五二	一七一三		乾隆	一一	一七四六	《澄懷園集》
張庚				康熙	五二	一七一三					《碑傳集》一百四十
莊有恭	滋園	番禺		康熙	五二	一七一三		乾隆	三二	一七六七	《碑傳集》二十七
鄭虎文	炳也	浙江秀水		康熙	五三	一七一四		乾隆	四九	一七八四	《吞松閣集》有墓志
于敏中	叔子號耐圃	金壇		康熙	五三	一七一四		乾隆	四四	一七七九	章學誠《章氏遺書》
朱仕琇	梅崖	福建建寧		康熙	五四	一七一五		乾隆	四五	一七八〇	《碑傳集》一百十二
錢受穀	沖齋			康熙	五四	一七一五		乾隆	三七	一七七二	
秦大士	魯一	江蘇江寧		康熙	五四	一七一五		乾隆	四二	一七七七	《碑傳集補》八
唐思	再可			康熙	五四	一七一五		乾隆	五〇	一七八五	

袁枚	子才	浙江錢塘		康熙	五五	一七一六		嘉慶	二	一七九七	《碑傳集》一百七十
陶元藻	篁村	浙江會稽		康熙	五五	一七一六	仁宗	嘉慶	六	一八〇一	梁同書〈生壙志〉
查禮	恂叔	宛平		康熙	五五	一七一六		乾隆	四八	一七八三	《碑傳集》八十五
盧文弨	召弓	浙江餘姚		康熙	五六	一七一七		乾隆	六〇	一七九五	《碑傳集》四十八 號磯漁又號檠齋
阿桂	文成	滿州		康熙	五六	一七一七		嘉慶	二	一七九七	《碑傳集》二十八
程晉芳	魚門	安徽歙縣		康熙	五七	一七一八		乾隆	四九	一七八四	《碑傳集》五十
邵齊燾	叔山	江蘇昭文		康熙	五七	一七一八		乾隆	三四	一七六九	《碑傳集》四十八
顧鎮	佩九	江蘇常熟		康熙	五七	一七一八		乾隆	五七	一七九二	《碑傳集》六十
劉星煒	映榆	江蘇武進		康熙	五七	一七一八		乾隆	三七	一七七二	《碑傳集補》三
劉墉	崇如	諸城		康熙	五八	一七一九		嘉慶	九	一八〇四	
謝墉	崑城號金圃	楓涇		康熙	五八	一七一九		乾隆	六〇	一七九五	阮元《揅經堂集》又號東墅
馮浩	孟亭	浙江桐鄉		康熙	五八	一七一九		嘉慶	六	一八〇一	《碑傳集補》十
曹錫寶	鴻書	上海		康熙	五八	一七一九		乾隆	五七	一七九二	《碑傳集》五十六
曹學閔	慕堂	汾陽		康熙	五八	一七一九		乾隆	五二	一七八七	《知足齋集》
莊存與	方耕	江蘇陽湖		康熙	五八	一七一九		乾隆	五三	一七八八	《碑傳集補》三
袁機	素文			康熙	五八	一七一九		乾隆	二四	一七五九	袁枚〈女弟素文傳〉

孫士毅	補山	浙江仁和		康熙	五九	一七二〇	仁宗	嘉慶	元	一七九六	
茹敦和	遜來	會稽		康熙	五九	一七二〇		乾隆	五六	一七九一	《碑傳集補》二十二
江聲	鯨濤	江蘇吳縣		康熙	六〇	一七二一		嘉慶	四	一七九九	《碑傳集》一百三十四
童鈺	二樹	浙江山陰		康熙	六〇	一七二一		乾隆	四七	一七八二	《碑傳集》四十五
王鳴盛	鳳喈一字禮堂又字西莊	江蘇嘉定		康熙	六一	一七二二		嘉慶	二	一七九七	《碑傳集》四十一
徐以坤	穀函號根苑又茗花	德清		康熙	六一	一七二二		乾隆	五七	一七九二	《碑傳集補》十一
李封	紫綬號松園	壽光	世宗	雍正	元	一七二三		乾隆	四九	一七八四	《碑傳集》七十三
戴震	東原一字愼修	安徽休寧		雍正	元	一七二三		乾隆	四二	一七七七	《碑傳集》五十
梁同書	元穎	浙江錢塘		雍正	元	一七二三		嘉慶	二〇	一八一五	《碑傳集》四十八
梁國治	階平	浙江會稽		雍正	元	一七二三		乾隆	五一	一七八六	《碑傳集》二十八
陸燿	朗夫	江蘇吳江		雍正	元	一七二三		乾隆	五〇	一七八五	《碑傳集》七十三
張坦	芑田號松坪	江都		雍正	元	一七二三		乾隆	六〇	一七九五	又號蓮勺拙吳老人章學誠《章氏遺書》
袁守侗	執沖	山東長山		雍正	元	一七二三		乾隆	四八	一七八三	《碑傳集》七十三
紀昀	曉嵐	直隸獻縣		雍正	二	一七二四		嘉慶	一〇	一八〇五	《碑傳集》三十八
閻循觀	伊蒿	山東長樂		雍正	二	一七二四		乾隆	三三	一七六八	《碑傳集》六十
邵齊熊	松阿	江蘇常熟		雍正	二	一七二四		嘉慶	五	一八〇〇	

蔣士銓	心餘又字苕生	江西鉛山		雍正	三	一七二五		乾隆	四九	一七八四	號客清阮元《揅經堂集》《碑傳集》四十九
王杰	偉人	陝西韓城		雍正	三	一七二五		嘉慶	一〇	一八〇五	《碑傳集》二十八
王昶	德甫號述庵	青浦		雍正	三	一七二五		嘉慶	一二	一八〇七	《碑傳集》三十七學者稱蘭泉先生《揅經堂集》
趙文哲	璞庵	江蘇上海		雍正	三	一七二五		乾隆	三八	一七七三	《碑傳集》一百一十一
江縉	大紳	吳縣		雍正	三	一七二五		乾隆	五七	一七九二	《二林居士集》
程瑤田	易疇	安徽歙縣		雍正	三	一七二二		嘉慶	一九	一八一四	
喻寶忠	元甫			雍正	三	一七二五		嘉慶	一一	一八〇六	
趙由儀	山南			雍正	三	一七二五		乾隆	一二	一七四七	
趙翼	雲松	江蘇陽湖		雍正	五	一七二七		嘉慶	一九	一八一五	《碑傳集》八十六
阮葵生	寶誠號唐山	山陽		雍正	五	一七二七		乾隆	五四	一七八九	《揅經堂集》
錢大昕	曉徵	江蘇嘉定		雍正	六	一七二八		嘉慶	九	一八〇四	《碑傳集》四十九
鮑廷博	以文又字綠飲	安徽歙縣		雍正	六	一七二八		乾隆	一九	一八一四	《揅經堂集》
朱筠	竹君又字美叔	順天大興		雍正	七	一七二九		乾隆	四六	一七八一	學者稱笥河先生命學誠《章氏遺書》《碑傳集》三十九
周春	芚兮	浙江海寧		雍正	七	一七二九		嘉慶	二〇	一八一五	
韓夢周	理堂	山東濰縣		雍正	七	一七二九		嘉慶	三	一七九八	
吳省欽	沖之	南匯		雍正	七	一七二九		嘉慶	八	一八〇三	

王文治	禹卿	江蘇丹徒		雍正	八	一七三〇		嘉慶	七	一八〇二	
汪輝祖	煥曾號龍莊	蕭山		雍正	八	一七三〇		嘉慶	一二	一八〇七	《碑傳集》一百八晚號歸廬《揅經堂集》
畢沅	秋帆	江蘇鎮洋		雍正	八	一七三〇		嘉慶	二	一七九七	《碑傳集》七十三
周永年	書昌	歷城		雍正	八	一七三〇		乾隆	五六	一七九一	《碑傳集》五十
閔貞	正齋	廣濟		雍正	八	一七三〇					《碑傳集》一百四十五
曹仁虎	來殷	江蘇嘉定		雍正	九	一七三一		乾隆	五二	一七八七	
嚴長明	道甫	江蘇江寧		雍正	九	一七三一		乾隆	五二	一七八七	《碑傳集》四十二
姚鼐	姬傳	安徽桐城		雍正	九	一七三一		嘉慶	二〇	一八一五	《碑傳集》一百四十一
朱彭		浙江錢塘		雍正	九	一七三一		嘉慶	八	一八〇三	
顧光旭	晴沙	無錫		雍正	九	一七三一		嘉慶	二	一七九七	《碑傳集》八十六
朱珪	石君號南厓	大興		雍正	九	一七三一		嘉慶	一一	一八〇六	《碑傳集》三十八《揅經堂集》晚號盤陀老人
彭元瑞	芝楣	江西南昌		雍正	九	一七三一		嘉慶	八	一八〇三	《恩餘堂集》
王鳴韶	鶴起	江蘇嘉定		雍正	一〇	一七三二		乾隆	五三	一七八八	
魯九皐	絜非	江西新城		雍正	一〇	一七三二		乾隆	五九	一七九四	惜抱軒齋
沈業富	既堂	江蘇高郵		雍正	一〇	一七三二		嘉慶	一二	一八〇七	《碑傳集》八十六
孫永清	宏圖又春臺	金匱		雍正	一〇	一七三二		乾隆	五五	一七九〇	《碑傳集》七十三

錢世錫	慈伯	浙江秀水		雍正	一一	一七三三		乾隆	六〇	一七九五	
羅聘	遯夫	安徽歙縣		雍正	一一	一七三三		嘉慶	四	一七九九	《碑傳集補》五十八
翁方綱	正三	順天大興		雍正	一一	一七三三		嘉慶	二三	一八一八	
吳騫	槎客	浙江海寧		雍正	一一	一七三三		嘉慶	一八	一八一三	《碑傳集》四十五
周升桓	山茨	嘉善		雍正	一一	一七三三		嘉慶	六	一八〇一	
羅有高	臺山	江西瑞金		雍正	一一	一七三三		乾隆	四三	一七七八	《碑傳集》一百四十一
薩錫熊	健男 號耳山	江蘇上海		雍正	一二	一七三四		乾隆	五七	一七九二	《碑傳集》三十五
薛起鳳	家三	吳縣		雍正	一二	一七三四		乾隆	三九	一七七四	《碑傳集補》三十七
錢塘	家淵	江蘇嘉定		雍正	一三	一七三五		乾隆	五五	一七九〇	
段玉裁	茂堂	江蘇金壇		雍正	一三	一七三五		嘉慶	二〇	一八一五	《碑傳集補》三十九
金榜	補之	安徽歙縣		雍正	一三	一七三五		嘉慶	六	一八〇一	《碑傳集》五十
莊炘	似撰	江蘇武進		雍正	一三	一七三五		嘉慶	二三	一八一八	《碑傳集》一百十
余廷燦	卿雯	湖南長沙		雍正	一三	一七三五		嘉慶	三	一七九八	
桂馥	未谷	山東曲阜		乾隆	元	一七三六		嘉慶	一〇	一八〇五	《碑傳集》一百九十
翁春	曙鳩	江蘇華亭		乾隆	元	一七三六		嘉慶	二	一七九七	
孫志祖	貽穀	安徽歙縣		乾隆	元	一七三六		嘉慶	五	一八〇〇	《碑傳集》五十七

謝啓昆	蘊山	江西南康		乾隆	二	一七三七		嘉慶	七	一八〇二	《惜抱軒集》
余　集	蓉裳	浙江仁和		乾隆	三	一七三八	宣宗	道光	三	一八二三	《秋室學古錄》自撰墓志
任大椿	幼植一字子田	江蘇興化		乾隆	三	一七三八		乾隆	五四	一七八九	《碑傳集》五十六
尹壯圖	起萬又楚珍	蒙自		乾隆	三	一七三八		嘉慶	一三	一八〇八	有《楚珍詩草》方樹梅《滇賢生卒考》
高文照	東井			乾隆	三	一七三八		嘉慶	四一	一七七六	《東井詩選》後序
周發春	青原			乾隆	三	一七三八		嘉慶	一六	一八一一	
管世銘	緘若	武進		乾隆	三	一七三八		嘉慶	三	一七八九	《碑傳集》五十七
章學誠	實齋	浙江會稽		乾隆	三	一七三八		嘉慶	六	一八〇一	《碑傳集補》四十七
錢維喬	竹初號樹參	江蘇武進		乾隆	四	一七三九		嘉慶	一一	一八〇六	
陳本禮	嘉會			乾隆	四	一七三九		嘉慶	二三	一八一八	
潘亦雋	守愚	江蘇吳縣		乾隆	五	一七四〇		道光	一〇	一八三〇	《三松老人自訂年譜》
彭紹升	允初	江蘇長洲		乾隆	五	一七四〇		嘉慶	元	一七九六	
董　誥	蔗林	浙江富陽		乾隆	五	一七四〇		嘉慶	二三	一八一八	
錢　灃	東注又約甫號南園	雲南昆明		乾隆	五	一七四〇		乾隆	六〇	一八〇五	《碑傳集》五十六
崔　述	東壁	直隸大名		乾隆	五	一七四〇		嘉慶	二一	一八一六	《碑傳集補》三十九
潘恭壽	慎夫			乾隆	六	一七四一		乾隆	五九	一七九四	

馮應榴	星實	浙江桐鄉		乾隆	六	一七四一		嘉慶	六	一八〇一	《碑傳集補》七
吳翌鳳	伊仲	江蘇吳縣		乾隆	七	一七四二		嘉慶	二四	一八一九	
邵晉涵	與相號二雲	浙江會稽		乾隆	八	一七四三		嘉慶	元	一七九六	《碑傳集》五十
汪中	容甫	江蘇江都		乾隆	九	一七四四		乾隆	五九	一七九四	《碑傳集》一百三十四
錢坫	獻之	江蘇嘉定		乾隆	九	一七四四		嘉慶	一一	一八〇六	
錢大昭	晦之	江蘇嘉定		乾隆	九	一七四四		嘉慶	一八	一八一三	
王念孫	懷祖	江蘇高郵		乾隆	九	一七四四	宣宗	道光	一二	一八三二	《續碑傳集》七十二《碑傳集補》三十九
巴慰祖	予藉	江蘇歙縣		乾隆	九	一七四四		乾隆	五八	一七九三	
武億	虛谷	河南偃師		乾隆	一〇	一七四五		嘉慶	四	一七九九	
奚岡	純章	浙江錢塘		乾隆	一一	一七四六		嘉慶	八	一八〇三	《碑傳集》一百八
洪亮吉	稚存	江蘇陽湖		乾隆	一一	一七四六		嘉慶	一四	一八〇九	
吳錫麒	穀人	浙江錢塘		乾隆	一一	一七四六		嘉慶	二三	一八一八	
楊倫	西河	陽湖		乾隆	一二	一七四七		嘉慶	八	一八〇三	
張雲璈	仲雅	浙江錢塘		乾隆	一二	一七四七		道光	九	一八二九	《晚學齋集》
趙懷玉	味辛	江蘇陽湖		乾隆	一二	一七四七		道光	三	一八二三	《碑傳集》一百十
黃景仁	仲則	江蘇武進		乾隆	一四	一七四九		乾隆	四八	一七八三	《碑傳集》一百四十一
莊述祖	葆琛	江蘇陽湖		乾隆	一五	一七五〇		嘉慶	二一	一八一六	《碑傳集》一百八

張宗泰	登封	江蘇甘泉		乾隆	一五	一七五〇		道光	一二	一八三二	《續碑傳集》七十六
李長庚	西嚴	同安		乾隆	一六	一七五一		嘉慶	一二	一八〇七	《揅經堂集》《碑傳集》一百一十二
孔廣森	衆仲	山東曲阜		乾隆	一七	一七五二		乾隆	五一	一七八六	《碑傳集》一百三十四
鐵保	治亭	滿洲		乾隆	一七	一七五二		道光	四	一八二四	《續碑傳集》九
蔣知廉	用恥	鉛山		乾隆	一七	一七五二		乾隆	五六	一七九一	
翟翬	儀仲			乾隆	一七	一七五二		乾隆	五七	一七九二	
孫星衍	伯淵又淵和	江蘇陽湖		乾隆	一八	一七五三		嘉慶	二三	一八一八	《碑傳集》八十七
楊芳燦	才叔	江蘇金匱		乾隆	一八	一七五三		嘉慶	二〇	一八一五	《碑傳集》一百八
李堯棟	松雲			乾隆	一八	一七五三		道光	元	一八二一	《續碑傳集》二十一
法式善	開文	蒙古正黃旗		乾隆	一八	一七五三		嘉慶	一八	一八一三	
王采徽	玉瑛			乾隆	一八	一七五三		乾隆	四一	一七七六	孫星衍妻〈王藝山亡女王采徽小傳〉孫星衍〈誥贈夫人亡妻王氏事狀〉袁枚〈孫薇隱妻王孺人墓志銘〉
伊秉綬	墨卿	福建寧化		乾隆	一九	一七五四		嘉慶	二〇	一八一五	《碑傳集》一百十
王學浩	孟養	江蘇崑山		乾隆	一九	一七五四		道光	一二	一八三二	石韞玉撰傳
楊鳳苞	傳九	湖州歸安		乾隆	一九	一七五四		嘉慶	二一	一八一六	《碑傳集補》四十八
陳廷慶	桂堂	奉賢		乾隆	一九	一七五四		嘉慶	一八	一八一三	
葉廷甲	保堂	江陰		乾隆	一九	一七五四		道光	一二	一八三二	

王芑孫	念豐	江蘇太倉		乾隆	二〇	一七五五		嘉慶	二二	一八一七	《碑傳集補》四十七
淩廷堪	次仲	安徽歙縣		乾隆	二〇	一七五五		嘉慶	一四	一八〇九	《碑傳集》一百三十五
吳鼒	山尊	安徽全椒		乾隆	二〇	一七五五		道光	元	一八二一	
曹振鏞	儷笙	安徽歙縣		乾隆	二〇	一七五五		道光	一五	一八三五	
石韞玉	琢堂	江蘇吳縣		乾隆	二一	一七五六		道光	一七	一八三七	
惲敬	子居	江蘇陽湖		乾隆	二二	一七五七		嘉慶	二二	一八一七	吳德旋《初月樓集》
郝懿行	蘭臯	山東棲霞		乾隆	二二	一七五七		道光	五	一八二五	《續碑傳集》七十二
戴三錫	晉藩號羡門	丹徒		乾隆	二三	一七五八		道光	一〇	一八三〇	《續碑傳集》二十一
李步蟾	敬躋	龍門		乾隆	二三	一七五八		道光	五	一八二五	
錢泳	立群	金匱		乾隆	二四	一七五九		道光	二四	一八四四	
張騰蛟	孟詞	寧化		乾隆	二五	一七六〇		乾隆	六〇	一七九五	
曾燠	賓谷	江西南城		乾隆	二五	一七六〇		道光	一一	一八三一	《續碑傳集》二十一
孫原湘	子瀟	江蘇常熟		乾隆	二五	一七六〇		道光	九	一八二九	《續碑傳集》七十六
楊揆	荔裳	無錫		乾隆	二五	一七六〇		嘉慶	九	一八〇四	《碑傳集》八十七
王曇	仲瞿	秀水		乾隆	二五	一七六〇		嘉慶	二二	一八一七	《碑傳集補》四十七
鈕樹玉	非石	江蘇吳縣		乾隆	二五	一七六〇		道光	七	一八二七	《碑傳集補》四十
袁棠	湘湄			乾隆	二五	一七六〇		嘉慶	一五	一八一〇	

張惠言	皐文	江蘇武進		乾隆	二六	一七六一		嘉慶	七	一八〇二	《碑傳集》六十一
江　藩	子屏	甘泉		乾隆	二六	一七六一		道光	一一	一八三一	
嚴可均	鐵橋	浙江烏程		乾隆	二七	一七六二		道光	二三	一八四三	《碑傳集補》二十七
錢　林	東生	浙江錢塘		乾隆	二七	一七六二		道光	八	一八二八	《碑傳集補》八
李文畊	墾田又字心田號復齋	昆陽		乾隆	二七	一七六二		道光	一八	一八三八	《續碑傳集》三十四
趙慎畛	篠樓	武陵		乾隆	二七	一七六二		道光	六	一八二六	《續碑傳集》二十二
沈大成	瘦客			乾隆	二七	一七六二		嘉慶	四	一七九九	
曹貞秀	墨琴			乾隆	二七	一七六二					
焦　循	里堂	江蘇甘泉		乾隆	二八	一七六三		嘉慶	二五	一八二〇	《碑傳集》一百三十五
袁綬階	廷檮			乾隆	二八	一七六三					
黃丕烈	蕘圃	江蘇吳縣		乾隆	二八	一七六三		道光	五	一八二五	以道光五年六十三推之
張問陶	仲冶	四川遂寧		乾隆	二九	一七六四		嘉慶	一九	一八一四	
阮　元	伯元	江蘇儀徵		乾隆	二九	一七六四		道光	二九	一八四九	《續碑傳集》三
袁廷檮	綬階	江蘇吳縣		乾隆	二九	一七六四		嘉慶	一五	一八一〇	戈宙《半樹齋集》
梁元翀	章遠	廣東順德		乾隆	二九	一七六四		道光	一二	一八三二	
王文誥	見大	浙江仁和		乾隆	二九	一七六四					

孫雲鳳	碧梧			乾隆	二九	一七六四		嘉慶	一九	一八一四	
潘素心	虛白			乾隆	二九	一七六四					
顧蒓	希翰	江蘇吳縣		乾隆	三〇	一七六五		道光	一二	一八三二	《續碑傳集》十六
舒位	立人	順天大興		乾隆	三〇	一七六五		嘉慶	二〇	一八一五	
洪頤煊	筠軒	浙江臨海		乾隆	三〇	一七六五		道光			以道光十三年六十九推之
顧廣圻	千里	江蘇元和		乾隆	三一	一七六六		道光	一五	一八三五	《續碑傳集》七十七 一作年七六
吳嵩梁	子山	江西東鄉		乾隆	三一	一七六六		道光	一四	一八三四	
王引之	伯申號曼卿	江蘇高郵		乾隆	三一	一七六六		道光	一四	一八三四	《續碑傳集》十王壽昌〈皇清誥授光祿大夫經筵講官工部尚書加二級紀錄〉十〈次贈祭葬諭文簡伯申府君行狀〉
何道生	立之	靈石		乾隆	三一	一七六六		嘉慶	一一	一八〇六	《碑傳集補》二十二
金錫鬯	蒨穀	桐鄉		乾隆	三二	一七六七		道光	一八	一八三八	《碑傳集》一百十
郭麐	祥伯	江蘇吳江		乾隆	三二	一七六七		道光	一一	一八三一	《碑傳集補》四十七
汪椿	初名光大字春園號式齋	清江		乾隆	三二	一七六七		道光	一三	一八三三	丁晏清〈汪先生傳〉
彭兆蓀	湘涵	江蘇鎮洋		乾隆	三三	一七六八		道光	元	一八二一	《續碑傳集》七十六
陳用光	碩士	江西新城		乾隆	三三	一七六八		道光	一五	一八三五	《石經閣集》
周中孚	信之	浙江烏程		乾隆	三三	一七六八		道光	一一	一八三一	《續碑傳集》七十二
李兆洛	申耆	江蘇陽湖		乾隆	三四	一七六九		道光	二一	一八四一	《碑傳集補》七十三

朱珔	字玉存號蘭坡	涇縣		乾隆	三四	一七六九		道光	三〇	一八五〇	胡韞玉〈朱蘭坡先生傳〉《續碑傳集》十九
倪起蛟	安瀾又翊雲	鎮海		乾隆	三五	一七七〇		道光	七	一八二七	《續碑傳集》四十九
楊遇春	時齋	崇慶		乾隆	三五	一七七〇		道光	一七	一八三七	《續碑傳集》二十二
孫爾準	平叔	無錫		乾隆	三五	一七七〇		道光	一二	一八三二	
金逸	纖纖			乾隆	三五	一七七〇		乾隆	五九	一七九四	
陳壽祺	字恭甫又葦仁	福建侯官		乾隆	三六	一七七一		道光	一四	一八四三	《碑傳集補》五十一
陳文述	雲伯	浙江錢塘		乾隆	三六	一七七一		道光	二三	一八四三	《碑傳集補》四十八
盛大士	子履號逸雲	烏程		乾隆	三六	一七七一					
方東樹	植之	安徽桐城		乾隆	三七	一七七二	文宗	咸豐	元	一八五一	《柏堂集》
陸繼輅	祁孫又修平	江蘇陽湖		乾隆	三七	一七七二		道光	一四	一八二四	《續碑傳集》七十七
盧坤	靜之號厚山	涿州		乾隆	三七	一七七二		道光	一五	一八三五	《續碑傳集》二十一
吳榮光	荷屋	廣東南海		乾隆	三八	一七七三		道光	二三	一八四三	《石雲山人集》附墓志
梁章鉅	芷鄰	福建長樂		乾隆	四〇	一七七五		道光	二九	一八四九	《碑傳集補》十四
沈欽韓	文起	江蘇吳縣		乾隆	四〇	一七七五		道光	一一	一八三一	《續碑傳集》七十六
包世臣	慎伯	涇縣		乾隆	四〇	一七七五		咸豐	五	一八五五	《續碑傳集》七十九
施彥士	樸齋	江蘇崇明		乾隆	四〇	一七七五		道光	一五	一八三五	

俞正燮	理初	安徽黟縣		乾隆	四〇	一七七五		道光	二〇	一八四〇	《碑傳集補》四十九
宋翔鳳	子庭	江蘇長洲		乾隆	四一	一七七六		咸豐	一〇	一八六〇	
胡承珙	墨莊	安徽涇縣		乾隆	四一	一七七六		道光	一二	一八三二	《續碑傳集》七十二
姚椿	春木	江蘇婁縣		乾隆	四二	一七七七		咸豐	三	一八五三	《續碑傳集》七十八
卞斌	叔均號雅堂	歸安		乾隆	四三	一七七八		道光	三〇	一八五〇	《續碑傳集》十六
湯貽汾	雨生	江蘇武進		乾隆	四三	一七七八		咸豐	三	一八五三	《續碑傳集》六十四
陶澍	雲汀	湖南安化		乾隆	四三	一七七八		道光	一九	一八三九	《續碑傳集》二十三
錢侗	同人	江蘇嘉定		乾隆	四三	一七七八		嘉慶	二〇	一八一五	《碑傳集補》四十
唐鑑	鐵海	湖南善化		乾隆	四三	一七七八		咸豐	一一	一八六一	《續碑傳集》十七
陳大經	子常			乾隆	四四	一七七九		嘉慶	一七	一八一二	
陳筠	受笙	浙江海寧		乾隆	四四	一七七九		道光	八	一八二八	《碑傳集補》五十二
管同	異之	江蘇上元		乾隆	四五	一七八〇		道光	一一	一八三一	《續碑傳集》七十六
朱壬林	小雲	平湖		乾隆	四五	一七八〇		咸豐	九	一八五九	
劉燦	星若	浙江鎮海		乾隆	四五	一七八〇		道光	二九	一八四九	《續碑傳集》七十一
張維屏	子樹	廣東番禺		乾隆	四五	一七八〇		咸豐	九	一八五九	《續碑傳集》七十九
劉開	孟塗	安徽桐城		乾隆	四六	一七八一		道光	元	一八二一	《續碑傳集》七十六

夏之鼎	茝谷			乾隆	四七	一七八二		道光	七	一八二七	《墨林今話》
胡培翬	載屏	安徽績溪		乾隆	四七	一七八二		道光	二九	一八四九	《續碑傳集》七十三
周之琦	稚圭	河南祥符		乾隆	四七	一七八二	穆宗	同治	元	一八六二	
馬瑞辰	元伯	安徽桐城		乾隆	四七	一七八二		咸豐	三	一八五三	《續碑傳集》七十三
吳嗚鈞	雲璈			乾隆	四七	一七八二		嘉慶	二四	一八一九	
曲夔	先篪	直隸肅甯		乾隆	四八	一七八三		咸豐	七	一八五七	《續碑傳集》六十三
錢儀吉	新梧	浙江嘉興		乾隆	四八	一七八三		道光	三〇	一八五〇	《碑傳集》二十三
包世榮	季懷	安徽涇縣		乾隆	四九	一七八四		道光	六	一八二六	《碑傳集補》四十一
林則徐	少穆	福建侯官		乾隆	五〇	一七八五		道光	三〇	一八五〇	《續碑傳集》二十四
潘德輿	彥輔號四農	江蘇山陽		乾隆	五〇	一七八五		道光	一九	一八三九	《續碑傳集》七十一丁晏潘傳
陳沆	太初	湖北蘄水		乾隆	五〇	一七八五		道光	六	一八二六	《碑傳集補》八
姚瑩	石甫	安徽桐城		乾隆	五〇	一七八五		咸豐	二	一八五二	《續碑傳集》三十五
梅曾亮	伯峴	江蘇上元		乾隆	五一	一七八六		咸豐	六	一八五六	《碑傳集補》四十九
王錫朋	樵慵	甯河		乾隆	五一	一七八六		道光	二一	一八四一	《續碑傳集》六十四
錢師慎		江蘇嘉定		乾隆	五三	一七八八		嘉慶	二四	一八一九	
薛傳均	子韻	江蘇甘泉		乾隆	五三	一七八八		道光	九	一八二九	《續碑傳集》七十三

杜受田	芝農	濱州		乾隆	五三	一七八八		咸豐	二	一八五二	《續碑傳集》四
朱駿聲	豐芑	江蘇元和		乾隆	五三	一七八八		咸豐	八	一八五八	
袁　翼	穀廉			乾隆	五四	一七八九		同治	二	一八六三	
劉文淇	孟瞻	江蘇儀徵		乾隆	五四	一七八九		咸豐	四	一八五六	《續碑傳集》七十四
錢泰吉	警石	浙江嘉興		乾隆	五六	一七九一		同治	二	一八六三	《續碑傳集》七十九
劉寶楠	楚楨	江蘇寶應		乾隆	五六	一七九一		咸豐	五	一八五五	《續碑傳集》七十三
龔自珍	定菴	浙江仁和		乾隆	五七	一七九一		道光	二一	一八四一	《碑傳集補》四十九
徐　榮	鐵孫	漢軍正黃旗		乾隆	五七	一七九二		咸豐	五	一八五五	《碑傳集補》五十九
梁紹壬	晉竹	浙江錢塘		乾隆	五七	一七九二					
周祖培	叔滋　芝台	商城		乾隆	五八	一七九三		同治	六	一八六七	《續碑傳集》五
汪　端	允莊號小韞	錢塘		乾隆	五八	一七九三		道光	一八	一八三八	陳小雲妻《續碑傳集》八五
魏　源	默深	邵陽		乾隆	五九	一七九四		咸豐	六	一八五六	《碑傳集補》二十四
黃廷昭	懋簡			乾隆	五九	一七九四		道光	一五	一八三五	
汪　穀	小城			乾隆	五九	一七九四		道光	八	一八二八	《碑傳集補》四十九
梅植之	蘊生	江蘇江都		乾隆	五九	一七九四		道光	二三	一八四三	《續碑傳集》七十七
丁　晏	儉卿	江蘇山陽		乾隆	五九	一七九四	德宗	光緒	元	一八七五	《續碑傳集》七十四

錢鋏	澹人	嘉定		乾隆	五九	一七九四		咸豐	一〇	一八六〇	陳鴻妻《續碑傳集》八五
陳起詩	雲心			乾隆	六〇	一七九五		道光	二二	一八四二	
陳慶鏞	頌南	晉江		乾隆	六〇	一七九五		咸豐	八	一八五八	《續碑傳集》十九
趙光	退庵號蓉舫	昆明		嘉慶	二	一七九七		同治	四	一八六五	
何紹基	子貞	湖南道州		嘉慶	四	一七九九		同治	一二	一八七三	《續碑傳集》十八《碑傳集補》九
王柏心	子壽	湖北監利		嘉慶	四	一七九九		同治	一二	一八七三	《續碑傳集》八十
何紹業	子毅	湖南道州		嘉慶	四	一七九九		道光	一九	一八三九	
李元緗	葉初一字青函	章丘		嘉慶	五	一八〇〇		同治	一三	一八七四	《碑傳集補》二十七
呂縉熙	敬甫	安豐		嘉慶	六	一八〇一		道光	二九	一八四九	《續碑傳集》七十一
戴熙	醇士	浙江錢塘		嘉慶	六	一八〇一		咸豐	一〇	一八六〇	《續碑傳集》五十四
張錫庚	星白			嘉慶	六	一八〇一		咸豐	一一	一八六一	《續碑傳集》五十四
汪士鐸	振菴	江蘇江寧		嘉慶	七	一八〇二		光緒	一五	一八八九	《續碑傳集補》七十四
朱琦	伯韓	廣西桂林		嘉慶	八	一八〇三		咸豐	一一	一八六一	《續碑傳集》六十九
魯一同	蘭岑	江蘇山陽		嘉慶	一〇	一八〇五		同治	二	一八六三	《續碑傳集》七十九
姚燮	梅伯	浙江鎮海		嘉慶	一〇	一八〇五		同治	三	一八六四	《續碑傳集》八十一
鄭珍	子尹	貴州遵義		嘉慶	一一	一八〇六		同治	三	一八六四	《續碑傳集》七十四

羅澤南	仲嶽	湖南湘鄉		嘉慶	一二	一八〇七		咸豐	六	一八五六	《續碑傳集》五十八
朱次琦	稚圭	廣東南海		嘉慶	一二	一八〇七		光緒	七	一八八一	《碑傳集補》三十八
楊彝珍	性農	武陵		嘉慶	一二	一八〇七					以年二十六歲領壬辰鄉薦推之
張文虎	嘯山又字孟彪	江蘇南匯		嘉慶	一三	一八〇八		光緒	一一	一八八五	《續碑傳集》七十五
沈日富	南一			嘉慶	一三	一八〇八		咸豐	八	一八五八	
馮桂芬	字林一號景亭	江蘇吳縣		嘉慶	一四	一八〇九		同治	一三	一八七四	《續碑傳集》十八
陳立	卓人	江蘇句容		嘉慶	一四	一八〇九		同治	八	一八六九	《續碑傳集》七十四
徐鼒	亦才	江蘇六合		嘉慶	一五	一八一〇		同治	元	一八六二	《碑傳集補》二十四
邵懿辰	位西	浙江仁和		嘉慶	一五	一八一〇		咸豐	一一	一八六一	《續碑傳集》五十四
陳澧	蘭甫	廣東番禺		嘉慶	一五	一八一〇		光緒	八	一八八二	《續碑傳集》七十四
周學汝	禮傳	烏程		嘉慶	一五	一八一〇		同治	元	一八六二	《續碑傳集》七十九
曾國藩	滌生	湖南湘鄉		嘉慶	一六	一八一一		同治	一一	一八七二	《續碑傳集》五
莫友芝	子偲	貴州獨山		嘉慶	一六	一八一一		同治	一〇	一八七一	《續碑傳集》七十九
葉名澧	翰源	湖北漢陽		嘉慶	一六	一八一一		咸豐	九	一八五九	《續碑傳集》七十九《碑傳集補》五十
方玉潤	文石又字黝石	雲南寶慶		嘉慶	一六	一八一一		光緒	九	一八八三	金天翮《天放樓文言》〈方玉潤傳〉
江忠源	岷樵	湖南新寧		嘉慶	一七	一八一二		咸豐	三	一八五三	《碑傳集補》五十五

胡林翼	詠芝	湖南益陽		嘉慶	一七	一八一二		咸豐	一一	一八六一	《續碑傳集》二十五
左宗棠	季高	湖南湘陰		嘉慶	一七	一八一二		光緒	一一	一八八五	《續碑傳集》六
徐子苓	西叔文字毅甫	安徽合肥		嘉慶	一七	一八一二		光緒	二	一八七六	《續碑傳集》八十一
吳可讀	柳堂	卓蘭		嘉慶	一七	一八一二		光緒	五	一八七九	《續碑傳集》五十四
劉熙載	伯簡	江蘇興化		嘉慶	一八	一八一三		光緒	七	一八八一	《續碑傳集》十八七十五
楊沂孫	詠春	常熟		嘉慶	一八	一八一三		光緒	七	一八八一	
秦緗業	澹如	江蘇無錫		嘉慶	一八	一八一三		光緒	九	一八八三	《碑傳集補》十七
陳介祺	壽卿	山東濰縣		嘉慶	一八	一八一三		光緒	一〇	一八八四	《碑傳集補》九
戴鈞衡	存莊	安徽桐城		嘉慶	一九	一八一四		咸豐	五	一八五五	《續碑傳集》七十九
龍啓瑞	翰臣	廣西臨桂		嘉慶	一九	一八一四		咸豐	八	一八五八	《碑傳集》四十一
周壽昌	釀甫	湖南長沙		嘉慶	一九	一八一四		光緒	一〇	一八八四	《續碑傳集》八十
孫衣言	劭聞	江西瑞安		嘉慶	一九	一八一四		光緒	二〇	一八九四	《碑傳集補》七
杜文瀾	小舫	浙江秀水		嘉慶	二〇	一八一五		光緒	一七	一八八一	《續碑傳集》四十八
彭玉麐	雪琴	湖南衡陽		嘉慶	二一	一八一六		光緒	一六	一八九〇	《續碑傳集》十四
劉蓉	孟容	湖南湘鄉		嘉慶	二一	一八一六		同治	一二	一八七三	《續碑傳集》二十七
錢振倫	楞仙	浙江歸安		嘉慶	二一	一八一六		光緒	五	一八七九	

薛時雨	慰農	安徽全椒		嘉慶	二三	一八一八		光緒	一一	一八八五	《續碑傳集》八十
郭嵩燾	筠仙	湖南湘鄉		嘉慶	二三	一八一八		光緒	一七	一八九一	《續碑傳集》十五
沈桂芬	經笙	宛平		嘉慶	二三	一八一八		光緒	七	一八八一	《續碑傳集》六
馮子材	萃亭	欽州		嘉慶	二三	一八一八		光緒	二九	一九〇三	《續碑傳集》五十三
蔣春霖	鹿潭	江蘇江陰		嘉慶	二三	一八一八		同治	七	一八六八	《續碑傳集》八十
金　和	弓叔	江蘇上元		嘉慶	二三	一八一八		光緒	一一	一八八五	《碑傳集補》五十一
楊　峴	季仇	浙江歸安		嘉慶	二四	一八一九		光緒	二二	一八九六	《續碑傳集》五十三
沈炳垣	紫卿又曉滄	海鹽		嘉慶	二五	一八二〇		咸豐	七	一八五七	《碑傳集》五十四
沈葆楨	幼丹	侯官		嘉慶	二五	一八二〇		光緒	五	一八七九	《續碑傳集》二十七
李元度	次青	湖南平江		道光	元	一八二一		光緒	一三	一八八七	《續碑傳集》三十九
俞　樾	蔭甫	浙江德清		道光	元	一八二一		光緒	三二	一九〇六	《續碑傳集》七十五
黃彭年	子壽	貴州貴筑		道光	三	一八二三		光緒	一六	一八九〇	《碑傳集補》十七
張裕釗	廉卿	湖北武昌		道光	三	一八二三		光緒	二〇	一八九四	《碑傳集補》五十一
李鴻章	少荃	安徽合肥		道光	三	一八二三		光緒	二七	一九〇一	《續碑傳集》七
曾國荃	沅浦	湖南湘鄉		道光	四	一八二四		光緒	一六	一八九〇	《續碑傳集》三十
周星譽	畇叔	河南祥符		道光	六	一八二六		光緒	一〇	一八八四	《續碑傳集》八十

易佩紳	易山	湖南龍陽		道光	六	一八二六		光緒	三二	一九〇六	
丁壽昌	樂山			道光	六	一八二六		光緒	六	一八八〇	《續碑傳集》三十八
李　桓	叔虎號黻堂	湘陰		道光	七	一八二七		光緒	一七	一八九一	《續碑傳集》三十八
周達武	夢熊號渭臣	寧鄉		道光	七	一八二七		光緒	二〇	一八九四	《續碑傳集》五十三
鄧輔綸	彌之	湖南新化		道光	八	一八二八		光緒	一九	一八九三	《碑傳集補》五十一
黃以周	元同	定海		道光	八	一八二八		光緒	二五	一八九九	《續碑傳集》七十五章炳麟《章氏叢書》
趙之謙	撝叔	浙江會稽		道光	九	一八二九		光緒	一〇	一八八四	《碑傳集補》二十五
李慈銘	炁伯	浙江會稽		道光	九	一八二九		光緒	二〇	一八九四	《碑傳集補》十
潘祖蔭	伯寅	江蘇吳縣		道光	一〇	一八三〇		光緒	一六	一八九〇	《碑傳集補》四
王永章	綬卿	寧鄉		道光	一〇	一八三〇		光緒	一二	一八八六	《續碑傳集》五十三
劉坤一	峴莊	新寧		道光	一〇	一八三〇		光緒	二七	一九〇一	《續碑傳集》三十一
翁同龢	叔平	江蘇常熟		道光	一〇	一八三〇		光緒	三〇	一九〇四	《碑傳集補》一
王星誠	平子			道光	一一	一八三一		咸豐	九	一八五九	《續碑傳集》八十一
陳寶箴	右銘	江西義寧		道光	一一	一八三一		光緒	二六	一九〇〇	《續碑傳集》三十
夏同善	舜樂	仁和		道光	一一	一八三一		光緒	六	一八八〇	《續碑傳集》十五
胡義贊	石查	光山		道光	一一	一八三一					以畫跋光緒二十三年丁酉署年六十七推之
趙烈文	惠甫	江蘇陽湖		道光	一二	一八三二		光緒	一九	一八九三	《碑傳集補》二十六

譚獻	仲修	仁和		道光	一二	一八三二		光緒	二七	一九〇一	《碑傳集補》五十一
王闓運	壬秋	湘潭		道光	一二	一八三二	民國		五	一九一六	
周星詒	季貺	山陰		道光	一三	一八三三		光緒	三〇	一九〇四	
許印芳	麟篆	石屏		道光	一三	一八三三		光緒	二七	一九〇一	
陸增祥	魁仲	太倉		道光	一三	一八三三		光緒	一五	一八八九	《續碑傳集》三十八
陸心源	剛父	浙江歸安		道光	一四	一八三四		光緒	二〇	一八九四	《碑傳集補》十八
李文田	若農	廣東順德		道光	一四	一八三四		光緒	二一	一八九五	《碑傳集補》四
施補華	均甫	烏程		道光	一五	一八三五		光緒	一六	一八九〇	《續碑傳集》三十九
高心夔	伯足	江西湖口		道光	一五	一八三五		光緒	九	一八八三	《續碑傳集》八十
沈景修	蒙叔	浙江秀水		道光	一五	一八三五		光緒	二五	一八九九	《續碑傳集》八十一
吳大澂	清卿	吳縣		道光	一五	一八三五		光緒	二八	一九〇二	《續碑傳集》三十二
劉銘傳	省三	合肥		道光	一六	一八三六		光緒	二一	一八九五	《續碑傳集》三十一
戴望	子高	德清		道光	一七	一八三七		同治	一二	一八七三	《續碑傳集》七十五
黎庶昌	純齋	遵義		道光	一七	一八三七		光緒	二三	一八九七	《碑傳集補》十一
張之洞	孝達	南皮		道光	一七	一八三七		宣統	元	一九〇九	《碑傳集補》二
劉壽增	恭甫	儀徵		道光	一八	一八三八		光緒	八	一八八二	《續碑傳集》七十五

陳書	伯初	侯官		道光	一八	一八三八		光緒	三一	一九○五	
楊文瑩	雪漁	錢塘		道光	一八	一八三八		光緒	三四	一九○八	
任蘭生	畹香	震澤		道光	一八	一八三八		光緒	一四	一八八八	《續碑傳集》三十七
曾紀澤	劼剛	湘鄉		道光	一九	一八三九		光緒	一六	一八九○	《碑傳集補》十五
陸元鼎	春江一字少徐	仁和		道光	一九	一八三九		宣統	元	一九○九	《碑傳集補》十五
陳豪	藍洲	仁和		道光	一九	一八三九		宣統	二	一九一○	《碑傳集補》二十六
楊守敬	惺吾	宜都		道光	一九	一八三九	民國		三	一九一四	《碑傳集補》卷末
寶廷	竹坡	滿洲		道光	二○	一八四○		光緒	一六	一八九○	《碑傳集補》十五
吳汝綸	摯甫	安徽桐城		道光	二○	一八四○		光緒	二九	一九○三	《續碑傳集》八十一
朱鳳儀	夔笙	甘泉		道光	二○	一八四○		光緒	二四	一八九八	《碑傳集補》五十一
王先謙	益吾	湖南長沙		道光	二二	一八四二	民國		六	一九一七	《碑傳集補》七
朱孔彰	仲峨	吳縣		道光	二二	一八四二	民國		八	一九一九	《碑傳集補》五十三
馮煦	夢華號蒿庵	金壇		道光	二三	一八四三	民國		一六	一九二七	《碑傳集補》十五
勞乃宣	玉初	桐鄉		道光	二三	一八四三	民國		一○	一九二一	《碑傳集補》六
丁謙	益甫	仁和		道光	二三	一八四三	民國		八	一九一九	葉瀚《清代地理家傳略》
趙爾巽	次珊	奉天鐵嶺		道光	二四	一八四四	民國		一六	一九二七	
吳俊卿	昌碩	浙江安吉		道光	二四	一八四四	民國		一六	一九二七	

繆荃孫	筱珊	江蘇江陰		道光	二四	一八四四	民國		八	一九一九	《碑傳集補》九
顧雲	子鵬	江寧		道光	二五	一八四五		光緒	三二	一九〇六	《碑傳集補》五十二
樊增祥	樊山	恩施		道光	二五	一八四五	民國		二〇	一九三一	
劉鶚	鐵雲	丹徒		道光	三〇	一八五〇					
朱一新	鼎甫	義烏		道光	二六	一八四六		光緒	二〇	一八九四	《續碑傳集》十九
袁昶	重黎	桐廬		道光	二六	一八四六		光緒	二六	一九〇〇	《續碑傳集》十七
譚宗浚	叔裕	南海		道光	二六	一八四六		光緒	一四	一八八八	《碑傳集》十九
張百熙	冶秋	長沙		道光	二七	一八四七		光緒	三三	一九〇七	
張亨嘉	燮鈞	閩縣		道光	二七	一八四七		宣統	二	一九一〇	《碑傳集補》六
葉昌熾	鞠裳	長洲		道光	二七	一八四七	民國		六	一九一七	《碑傳集補》九
吳慶坻	子修一字敬疆	錢塘		道光	二八	一八四八	民國		一一	一九二二	《碑傳集補》二十
王仁堪	可莊	閩縣		道光	二八	一八四三		光緒	一九	一八九三	
黃遵憲	公度	嘉應		道光	二八	一八四八		光緒	三一	一九〇五	《碑傳集補》十三
張佩綸	幼樵一字繩菴	豐潤		道光	二八	一八四八		光緒	一九	一八九三	《碑傳集補》五
陳寶琛	伯潛號弢菴	閩縣		道光	二八	一八四八	民國		二四	一九三五	
孫詒讓	仲容	瑞安		道光	二八	一八四八		光緒	三四	一九〇八	《碑傳集補》四十一

楊深秀	漪春	聞喜		道光	二九	一八四九		光緒	二四	一八九八	《碑傳集補》十
王鵬運	幼霞	廣西臨桂		道光	二九	一八四九	民國	光緒	三〇	一九〇四	《碑傳集補》十
盛昱	伯熙	滿洲鑲白旗		道光	三〇	一八五〇		光緒	二五	一八九九	《續碑傳集》十七
瞿鴻機	子久號止盦晚號西巖老人	善化		道光	三〇	一八五〇	民國		七	一九一八	《碑傳集補》二
沈曾植	子培	嘉興		道光	三〇	一八五〇	民國		一一	一九二二	
柯劭忞	鳳蓀	膠州		道光	三〇	一八五〇	民國		一〇	一九二一	
王廷相	梅岑	承德		咸豐	元	一八五一		光緒	二六	一九〇〇	《碑傳集補》三十三
林紓	琴南	福建侯官		咸豐	二	一八五二	民國		一三	一九二四	
江瀚	叔海	福建長汀		咸豐	二	一八五二	民國		二〇	一九三一	
簡朝亮	竹居	廣東順德		咸豐	二	一八五二	民國		二二	一九三三	
廖平	季平	四川井研		咸豐	二	一八五二	民國		二一	一九三二	章炳麟〈廖季平墓誌銘〉
嚴復	又陵一字幾道	侯官		咸豐	三	一八五三	民國		一〇	一九二一	卷末《碑傳集補》末
沈曾桐	子封	嘉興		咸豐	三	一八五三	民國		一〇	一九二一	
張謇	季直號嗇翁	江蘇通州		咸豐	三	一八五三	民國		一五	一九二六	《子孝若年譜》
范當世	肯堂	江蘇通州		咸豐	四	一八五四		光緒	三〇	一九〇四	《續碑傳集》八十
黃紹箕	仲弢	瑞安		咸豐	四	一八五四		光緒	三三	一九〇七	
張勳	少軒	奉新		咸豐	元	一八五四	民國		一二	一九二三	《碑傳集補》末

陳際唐	堯齋	懷寧		咸豐	四	一八五四	民國		九	一九二〇	陳毅前〈新疆布政使陳公墓志銘〉
顧印愚	印伯	華陽		咸豐	五	一八五五	民國		二	一九一三	
江春霖	杏邨	莆田		咸豐	五	一八五五	民國		七	一九一八	《碑傳集補》十
費念慈	屺懷	武進		咸豐	五	一八五五		光緒	三一	一九〇五	
馬其昶	通白	桐城		咸豐	五	一八五五	民國		一八	一九二九	
文廷式	道希	江西萍鄉		咸豐	六	一八五六		光緒	三〇	一九〇四	《碑傳集補》九
鄭文焯	叔問	高密		咸豐	六	一八五六	民國		七	一九一八	《碑傳集》五十三
楊銳	叔嶠	綿竹		咸豐	七	一八五七		光緒	二四	一八九八	《碑傳集補》五十三
辜湯生	鴻銘號漢濱讀易者	廈門		咸豐	七	一八五七	民國		一七	一九二八	
蒯光典	禮卿	合肥		咸豐	七	一八五七		宣統	二	一九一〇	《碑傳集補》二十
朱祖謀	孝臧號彊村	歸安		咸豐	七	一八五七	民國		二〇	一九三一	
沈瑜慶	愛蒼	侯官		咸豐	八	一八五八	民國		七	一九一八	《碑傳集補》十五
馮國璋	華符	河間		咸豐	八	一八五八	民國		八	一九一九	王樹枬〈宣武上將軍代理大總統河間馮公神道碑〉
易順鼎	實甫	湖南龍陽		咸豐	八	一八五八	民國		九	一九二〇	
袁世凱	慰亭	項城		咸豐	八	一八五八	民國		五	一九一六	
康有為	長素	南海		咸豐	八	一八五八	民國		一六	一九二七	

王芝祥	鐵珊	河北通縣		咸豐	八	一八五八	民國		一九	一九三〇	《碑傳集補》十二
劉光第	裴邨	富順		咸豐	九	一八五九		光緒	二四	一八九八	
于式枚	晦若	賀縣		咸豐	九	一八五九	民國		四	一九一五	
汪大燮	伯唐	錢塘		咸豐	九	一八五九	民國		一七	一九二八	《碑傳集補》卷末
梁鼎芬	星海	番禺		咸豐	九	一八五九	民國		八	一九一九	
王舟瑤	星垣又字玫伯號默盦	黃巖		咸豐	九	一八五九	民國		一五	一九二六	《碑傳集》五十三
況周頤	玉楳	桂林		咸豐	九	一八五九	民國		一五	一九二六	
李詳	慎言又審言	興化		咸豐	九	一八五九	民國		二〇	一九三一	《碑傳集》五十三
江標	建霞	浙江元和		咸豐	一〇	一八六〇		光緒	二五	一八九九	《碑傳集補》九
俞明震	恪士			咸豐	一〇	一八六〇	民國		七	一九一八	
周樹模	少樸	天門		咸豐	一〇	一八六〇	民國		一四	一九二五	
端方	午橋	滿洲正白旗		咸豐	一一	一八六一		宣統	三	一九一一	《碑傳集》三十四
詹天佑	眷誠	南海原籍婺源		咸豐	一一	一八六一	民國		八	一九一九	楊銓〈詹天佑傳〉
徐仁鑄	研甫	宛平		同治	二	一八六三		光緒	二六	一九〇〇	《碑傳集補》九
李希聖	亦元	湘潭		同治	三	一八六四		光緒	三一	一九〇五	《碑傳集補》十二
黎元洪	宋卿	黃陂		同治	三	一八六四	民國		一七	一九二八	章炳麟〈大總統黎公碑〉

夏曾佑	穗卿	杭縣		同治	四	一八六五	民國		一三	一九二四	
僧格林沁		蒙古						同治	四	一八六四	《續碑傳集》十七
譚嗣同	復生	瀏陽		同治	四	一八六五		光緒	二四	一八九八	《碑傳集補》五十二
壽富	伯茀	滿洲		同治	四	一八六五		光緒	二六	一九〇〇	《碑傳集補》三十三
蔣黼	伯斧	吳縣		同治	五	一八六六		宣統	三	一九一一	《碑傳集》五十二
孫文	逸仙號中山	香山		同治	五	一八六六	民國		一四	一九二五	
姚永概	叔節	桐城		同治	五	一八六六	民國		一二	一九二三	
李瑞清	梅菴	臨川		同治	六	一八六七	民國		九	一九二〇	
丁惠康	叔雅	廣東豐順		同治	七	一八六八		宣統	元	一九〇九	《碑傳集補》五十二
吳保初	彥復	廬江		同治	八	一八六九	民國		二	一九一三	《碑傳集補》十二
桂念祖	伯華	江西德化		同治	八	一八六九	民國		五	一九一六	
胡思敬	漱唐	新昌		同治	九	一八七〇	民國		一一	一九二二	《碑傳集》十
李佳	瘦生	丹徒		同治	一〇	一八七一		光緒	二八	一九〇二	《碑傳集補》五十二
梁啓超	卓如	新會		同治	一二	一八七三	民國		一七	一九二八	
黃興	克強	善化		同治	一二	一八七三	民國		五	一九一六	
徐錫麟	伯蓀	山陰		同治	一二	一八七三		光緒	三三	一九〇七	章炳麟〈徐錫麟傳〉

楊守仁	篤生	湖南		同治	一二	一八七三	宣統	三	一九一一	《碑傳集補》五十七
麥孟華	孺博	順德		同治	一三	一八七四	民國	四	一九一五	
黃節	晦聞	順德		同治	一三	一八七四	民國	二四	一九三五	
湯化龍	濟武	蘄水		同治	一三	一八七四	民國	七	一九一八	
張作霖	雨亭	海城		光緒	元	一八七五	民國	一七	一九二八	
王樸	蘊山	河北		光緒	元	一八七五	民國	一八	一九二九	
林旭	暾谷	閩侯		光緒	元	一八七五	光緒	二四	一八九八	《碑傳集補》十二
譚延闓	組菴	茶陵		光緒	二	一八七六	民國	一九	一九三〇	
文祥	博川	盛京					光緒	二	一八七六	《續碑傳集》七瓜爾佳氏
陳其美	英士	吳興		光緒	三	一八七七	民國	五	一九一六	
王國維	靜安	海寧		光緒	三	一八七七	民國	一六	一九二七	
秋瑾	璿卿	浙江紹興		光緒	三	一八七七	光緒	三三	一九〇七	《秋瑾遺集》
鄧方	秋門	順德		光緒	四	一八七八	光緒	二四	一八九八	
藍天蔚	秀豪	黃陂		光緒	四	一八七八	民國	一一	一九二二	
徐樹錚	又錚	蕭縣		光緒	六	一八八〇	民國	一四	一九二五	孫宣遠〈威將軍陸軍上將徐公行狀〉
何震彝	鬯威			光緒	六	一八八〇	民國	五	一九一六	

蔡鍔	松坡	邵陽		光緒	八	一八八二	民國		五	一九一六	
朱瑞	介人	海寧		光緒	九	一八八三	民國		五	一九一六	
唐繼堯	蓂賡	東川		光緒	九	一八八三	民國		一六	一九二七	
劉師培	申叔	儀徵		光緒	一〇	一八八四	民國		八	一九一九	《碑傳集補》卷末

國家圖書館出版品預行編目

清代詩文理論研究 / 王建生編著. -- 一版. --
臺北市 : 秀威資訊科技, 2007[民 96]
面 ; 公分. -- (學術著作系列 ; AG0053)

含索引
ISBN 978-986-6909-28-3(平裝)

1.中國詩 - 清(1644-1912) - 評論
2 中國散文 - 清(1644-1912) - 評論

821.87 95026053

語言文學類 AG0053

清代詩文理論研究

作　　者 / 王建生
發 行 人 / 宋政坤
執行編輯 / 周沛妤
圖文排版 / 黃莉珊
封面設計 / 李孟瑾
數位轉譯 / 徐真玉　沈裕閔
圖書銷售 / 林怡君
網路服務 / 徐國晉
出版印製 / 秀威資訊科技股份有限公司
台北市內湖區瑞光路 583 巷 25 號 1 樓
電話：02-2657-9211　傳真：02-2657-9106
E-mail：service@showwe.com.tw
經 銷 商 / 紅螞蟻圖書有限公司
台北市內湖區舊宗路二段 121 巷 28、32 號 4 樓
電話：02-2795-3656　傳真：02-2795-4100
http://www.e-redant.com

2007 年 2 月 BOD 一版
定價：300 元

讀　者　回　函　卡

感謝您購買本書，為提升服務品質，煩請填寫以下問卷，收到您的寶貴意見後，我們會仔細收藏記錄並回贈紀念品，謝謝！

1.您購買的書名：＿＿＿＿＿＿＿＿＿＿＿＿＿＿

2.您從何得知本書的消息？

□網路書店　□部落格　□資料庫搜尋　□書訊　□電子報　□書店

□平面媒體　□ 朋友推薦　□網站推薦　□其他＿＿＿＿＿

3.您對本書的評價：(請填代號　1.非常滿意 2.滿意 3.尚可 4.再改進)

封面設計＿＿　版面編排＿＿　內容＿＿　文/譯筆＿＿　價格＿＿

4.讀完書後您覺得：

□很有收獲　□有收獲　□收獲不多　□沒收獲

5.您會推薦本書給朋友嗎？

□會　□不會，為什麼？＿＿＿＿＿＿＿＿＿＿＿＿＿＿＿

6.其他寶貴的意見：＿＿＿＿＿＿＿＿＿＿＿＿＿＿＿＿＿＿

＿＿＿＿＿＿＿＿＿＿＿＿＿＿＿＿＿＿＿＿＿＿＿＿＿＿

＿＿＿＿＿＿＿＿＿＿＿＿＿＿＿＿＿＿＿＿＿＿＿＿＿＿

＿＿＿＿＿＿＿＿＿＿＿＿＿＿＿＿＿＿＿＿＿＿＿＿＿＿

讀者基本資料

姓名：＿＿＿＿＿＿＿＿＿＿　年齡：＿＿＿　性別：□女　□男

聯絡電話：＿＿＿＿＿＿＿＿　E-mail：＿＿＿＿＿＿＿＿＿＿

地址：＿＿＿＿＿＿＿＿＿＿＿＿＿＿＿＿＿＿＿＿＿＿＿＿

學歷：□高中(含)以下　□高中　□專科學校　□大學

□研究所(含)以上　□其他＿＿＿＿＿＿＿

職業：□製造業　□金融業　□資訊業　□軍警　□傳播業　□自由業

□服務業　□公務員　□教職　□學生　□其他＿＿＿＿＿

請貼
郵票

To：114

台北市內湖區瑞光路 583 巷 25 號 1 樓

秀威資訊科技股份有限公司　　收

寄件人姓名：

寄件人地址：□□□

(請沿線對摺寄回,謝謝!)

秀威與 BOD

BOD（Books On Demand）是數位出版的大趨勢，秀威資訊率先運用 POD 數位印刷設備來生產書籍，並提供作者全程數位出版服務，致使書籍產銷零庫存，知識傳承不絕版，目前已開闢以下書系：

一、BOD 學術著作—專業論述的閱讀延伸
二、BOD 個人著作—分享生命的心路歷程
三、BOD 旅遊著作—個人深度旅遊文學創作
四、BOD 大陸學者—大陸專業學者學術出版
五、POD 獨家經銷—數位產製的代發行書籍

BOD 秀威網路書店：www.showwe.com.tw
政府出版品網路書店：www.*gov*books.com.tw

永不絕版的故事・自己寫・永不休止的音符・自己唱